藍染袴お匙帖

雪婆

藤原緋沙子

双葉文庫

目次

雪婆《ゆきばんば》　藍染袴お匙帖

第一話　再会

一

「さあ、買った買った。二ケ月前に日本橋《にほんばし》の蠟燭問屋《ろうそくどんや》『山城屋《やましろや》』に押し入り、店の者を皆殺しにした盗賊の正体が知れたんだ。昨日北町奉行所が御触《おふ》れをだしたが、賊は上方ものらしい。詳しいことは、このよみうりに書いてある。買って損はねえぜ！」

二人連れのよみうり屋が、竪川《たてかわ》に架かる一《ひと》つ目橋《めばし》の袂《たもと》で声を張り上げている。

通りすがりの者たちは、そのよみうり屋をめがけてワッとばかり群がって行く。

なにしろ二月《ふたつき》前の押し込みは、近年では最も残忍な押し込みだったと言われていて、その正体が分からぬままに二月が過ぎ、次はどこが狙われるのかと大店《おおだな》は戦々恐々《せんせんきょうきょう》、人々の関心を集めていた出来事だった。

桂千鶴《かつらちづる》とお道《みち》は、よみうりの声に気を取られながらも、急いで松井町《まついちょう》に向かった。

お道がよみうりの口上が気になるらしく立ち止まろうとしたのだが、千鶴が制して急がせた。

二人は、急患の往診に出向く途中だったのだ。

向かっているのは、竪川沿いにある松井町の岡場所『金子屋《かねこや》』で、今日の昼頃、金子屋の店の名を名乗る若い衆が桂治療院を訪ねてきて、

「店の女で病に臥《ふ》せっている者がおりやす。熱も高く息も荒い。先生には、お手がすきやしたら往診をおねげえいたしやす」

そう告げて帰って行ったのだ。

そこで千鶴は、患者の途切れるのを待って、急いでやって来たのである。

「これは、桂先生でございますか、お待ちしておりました。どうぞ中にお入り下さいませ」

金子屋に出向くと、千鶴とお道を店の戸口で出迎えた初老の女は、間延《まの》びした

声で言った。

五十前後の客引きの婆である。痩《や》せていて色が黒く、首には薄い布切れを巻き付けている。

二人の先に立って店に入ると、引き手婆は上がり框《がまち》から奥に大声を上げた。

「女将《おかみ》さん、先生がおみえになりましたよ！」

だが、奥からそれらしき人は出てこなかった。

「ったく……」

引き手婆は舌打ちすると、

「どうぞ、おあがり下さいな。あたしが案内いたします」

千鶴とお道を促《うなが》した。

頃は七ツ（午後四時）になっている。

白首の着飾った女郎が、千鶴たちの目の前を客と戯《たわむ》れながら横切って行く。また別の女郎は、白い素足を見せて階段を踏みしめながら上って行った。

二階からは賑やかな三味線《しゃみせん》の音が聞こえ、それに女の嬌声《きょうせい》が混じり、男の上ずった声も階下まで届いている。

千鶴とお道は、思わず体を固くして、婆の後ろに従った。

千鶴は、医学館の教授をしていた父桂東湖《とうこ》が亡くなった後、父が遺した藍染橋《あいぞめばし》袂の治療院を継いだ。今年で四年目になる。

父が亡くなる直前まで長崎に留学し、本道《ほんどう》も外科も習得した女の医者の評判は良く、患者は引きも切らずやって来るし、小伝馬町《こでんまちょう》からも女囚たちの診察を頼まれて引き受けている。

実にさまざまな人の診察をしてきているのだが、こういう、女が体を売る場所での診察は、女牢での診察とはまた別の緊張を強《し》いられる。

押しかけ弟子のお道にしたって、日本橋の呉服問屋『伊勢屋《いせや》』の次女だ。変わり者とはいえ、男も知らないお嬢様育ち、やはりこういう処《ところ》は苦手のようだ。

だが、医者をやっている以上、そんな事は言ってはいられない。

二人は、婆にしたがって、階段下の奥にある小さな部屋の前で立ち止まった。

「おいちさん、お医者さんだよ」

重たい板戸を開けて婆は呼びかけた。

よどんだ空気がどっと外に流れ出てきた。

「これは……」

千鶴は、その婆を押しのけるようにして中に入り、女の枕もとに走った。

顔立ちの良い女が熱っぽい息を吐いて寝ていた。青い顔が熱で湿り、その顔に乱れた黒髪が纏《まと》わりついている。だが女は、千鶴たちの気配に気づいた様子はなかった。

千鶴は女の額《ひたい》に手をやった。

「すごい熱ね」

そう呟《つぶや》くと、向かい側に座った婆に、

「いつからですか……こんな風になったのは？」

女の顔を見詰めながら訊いた。

「寝込んでしまったのは二日ほど前からです。もっとも、少し前から体がだるいって言ってましたがね」

婆は表情のない声で答えた。

千鶴は、女の脈を取り、胸をはだけて肺の辺りに耳を当てた。女の胸の鼓動は乱れていて、呼気がひゅうひゅうと鳴いている。

——肺は相当痛んでいる……。

千鶴は顔を上げると、婆に訊いた。

「咳《せき》はしていませんでしたか？」

「時々ね、していましたよ……先生、まさか、労咳《ろうがい》なんてことではないでしょうね。いやね、実を言うと、女将さんはその事も心配していて、この部屋に運んだんですよ」

千鶴は小さく頷《うなず》いたが、はっきりとは答えなかった。実際もう少し様子をみなければ軽々なことはいえない。

千鶴は黙って、さらに腹も丹念に探った。探りながらおいちの顔に目を遣《や》った。おいちはかすかに目を開いて千鶴の顔を認めたようだが、すぐにだるそうに目を閉じてしまった。

──ただの風邪《かぜ》なら良いのだが……。

千鶴の胸には、引き手婆が案じているような疑念が湧いている。

「とにかく熱をとりましょうね」

千鶴は、おいちの胸元を合わせると婆に言った。

お道が素早く往診箱を開く。そして中から小さなとっくりと、椀《わん》と匙《さじ》を出した。

病人は熱に浮かされていると聞いていたから、あらかじめ熱さましの薬をお竹《たけ》に煎《せん》じさせておいたものだ。

「これを飲ませます。手を貸して下さい」

千鶴は、婆にも手伝わせて、おいちを抱き起こし、匙を使って少しずつおいちの口に流し込んだ。

そうしてから再び寝かすと、お道が婆に薬包紙に包んだ薬を手渡した。

「今飲ませたお薬と同じものです。じっくり煎じて、飲ませて上げてください」

「あいよ」

婆は薬を手にすぐに立ち上がった。そして部屋の外に声を張り上げた。

「だれか、いないかい……」

するとすぐにバタバタと女の足音が近づいてきて部屋の前で止まった。

「なにか……」

顔を見せたのは、まだ小娘の女中のようだった。化粧っ気のない健康そうな顔をしていて、絣《かすり》の着物の襟《えり》もきちっと合わせている。

「これを煎じて飲ませるんだって、頼むよ」

婆は言った。すると女は、

「おしげさん、女将さんは急用ができて出かけてしまいました。それで、おいち姉さんの事は、おしげさんにお願いしますって……」

婆の名は、おしげと言うらしい。

「分かった、任しときな。じゃあ薬はあんたに頼んだよ」

おしげという婆は女にそう言うと、元の場所に戻って来て座った。

「先生、ひとつお聞きしておきたい事がございます。おいちさんの病《やまい》は治りますかね」

おしげ婆は、探るような目で訊いた。

「いやね、あたしも、女将さんに報告しなくちゃならないから……」

おしげ婆は、言葉を継ぎ足した。

「そうですね、ともかく熱をとらなければ……熱が引けば元気になると思いますよ」

「だったらいいんだけど、この人、近頃、目も少し弱いんですよ」

「目が？」

「そう……夕暮れになると物に蹴躓《けつまず》いたり、人の顔を見間違えたりしてたんだよね」

「目のお医者には診てもらったんですか」

お道が言った。

「いいや、まだだね。ここでは体が悪くなったら、薬代は自分の財布から出さなきゃならないんだ。おいちさんについては、目の具合が良くないのは体が疲れているんだろう、そのうちに治るんじゃないかって思っていたらしいけど、だんだん調子が悪くなったみたいで……」

「自分の体は自分で守りなさい、宿は責任を負いませんってことなのね。随分《ずいぶん》厳しいこと……」

驚くお道に、

「稼ぎはいいんだから、しょうがないね」

おしげ婆は苦笑した。そしてすぐに、

「ここの岡場所は、この御府内《ごふない》でも一流なんだ。そんじょそこらの岡場所の何倍も心付けてもらわなくちゃあ相手はしないんだ。そりゃあ吉原《よしわら》の花魁《おいらん》には負けるよ、でも吉原でも下《した》っ端《ぱ》のお女郎さんならうちが上さ」

自分のことのように胸を張ってみせた。

だが、岡場所の事情が呑み込めないお道が首をかしげるようにしておしげ婆を見ると、おしげ婆は、そんな事も知らないのかというような顔で言葉をつけたした。

「やっぱりお医者の先生はお嬢さんだねぇ、いいかい……この松井町の岡場所には、大吉屋《だいきちや》、大村田《おおむらた》、繁舛《しげます》、浜野屋《はまのや》、そしてこの金子屋と店を張っているんだけど、皆総伏玉《そうふせだま》さ、つまり店が皆を抱えているってこと……しかもいい女ばかり、吉原に引けはとらないよ。揚げ代も女郎にもよるけど、だいたい昼夜四つ切りで今は金二朱から一分となっている。四つ切っていうのは、一日を四つに割ったその一つという意味だからね。一昼夜通しだと、これも女郎によってだけど三分から二分二朱……うちは吉原に次ぐ玉揃いさね。むろん衣装だなんだってお金もかかるけど、女たちの手に入るお金は相当なものさ。だから自分の始末は自分でつけなきゃならない、うちはそういう考えでやってるのさ。もっとも、おいちさんは大坂《おおさか》に仕送りしているから、目の具合が悪くなったって自分にお金を使うのは勿体《もったい》ないって思ったのだろうよ」

おしげ婆は、気の毒そうな顔で、おいちの顔を覗《のぞ》いた。

おしげ婆の話によれば、おいちには十一も離れた弟がいて、その弟を預かって貰《もら》っている叔父夫婦に、お金を送り続けているのだと言う。

だからおいちは、ここで働き続けないといけない、弟が一人前になるまではお金を送ってやらなければ、と口癖のように言っているのだとおしげ婆は言った。

「大変ね……」

お道はすっかり同情してしまったようだ。

「こんなところにいる女は、みんな似たりよったりだけどさ……」

おしげ婆はしんみりと言い、

「重い病気に罹《かか》れば、いつまでもこの宿においておくことは出来ないと引導《いんどう》を渡されるんだ。だからおいちさんも、熱が下がっても、目がこれ以上不自由になれば、この宿を追い出されるかもしれないのさ。そうなると、おいちさんのこの先はひどいもんだ……」

何処《どこ》か他人事《ひとごと》のようだったおしげ婆が、いろいろ話しているうちに身につまされたのか、袖《そで》で涙をぬぐったのだ。

その時だった。

「あたし、目は見えます。目は見えるんです」

声を発したのはおいちだった。

おいちは目を開けてこちらを見ていた。

「気が付いたのね」

千鶴は、おいちの額に掌を置いた。

「あっ、熱が引いてきてますね」

微笑《ほほえ》みかけると、

「先生、あたし、ここを追い出されたら困るんです。弟が、弟が……」

手をのばして千鶴の手を求めてきた。

「おいちさん……」

千鶴がその手をしっかりと握りしめると、おいちは切ない目で訴えた。

「先生、弟はね、大きくなったら医者になるんだって、塾に通い始めたらしいんですよ。あたしは、弟がお医者になるまでは頑張らなきゃならないんです」

「分かりました。だったらなおさら、熱がすっかりとれてから、目の診察もしてみましょうね」

千鶴は、おいちの手をぐっと強く握ってやった。

それでもおいちは、

「目は見えます。目の診察なんて、必要ありません」

もう一度力を込めて口走ったが、おいちはすぐに激しく咳《せ》き込んだ。

千鶴とお道が、おいちに心を残しながら治療院に戻ってきたのは、夕闇の迫る頃だった。

「おかえりなさい、先生……」

女中のお竹が、前垂れで手を拭きながらいそいそと出迎える。

だがそのお竹は、奥を指して小声で告げた。

「五郎政《ごろまさ》さんと、清治《せいじ》さんがお茶の間に……」

「えっ、来ているの、大変……」

お道は、くわばらくわばらという体《てい》で、往診箱を抱えて診察室の方に向かった。

「五郎政さんは酔楽《すいらく》先生のお使いをした帰りですって、清治さんは板倉《いたくら》の殿様の張り薬が無くなったのでとりに来たんです。二人とも先生の顔を見てから帰ろうかっていっこうに腰を上げないんです」

千鶴は笑った。

二人の気持ちは嬉しいが、常から仲よくなろうという気配が見えない。角突《つのつ》き合わせてばかりいる二人なのだ。

「まったく、二人とも顔を背けて黙ってお茶を飲むばかりで、こっちまではらはらしてしまう」

どうやらお竹は、二人の来訪に手を焼いていたらしい。

「お竹さん、二人の夕食も出来るかしら……」

この時間だ。食事も出さずに帰れとはいえない。

「ええ、なんとか……皆で分け合って食べればね」

お竹は笑って台所の方に戻って行った。

千鶴は苦笑して茶の間に向かった。

五郎政は、千鶴を娘のように気遣ってくれる医師酔楽の家に居ついていて、飯《めし》炊《た》きから掃除洗濯、使いまでいっさいがっさい引き受けている男である。

酔楽を親分と呼び、千鶴を若先生と呼び、千鶴の為ならどんな事でもいとわずにやってくれる心の熱い義理がたい人間だ。

一方の清治は、今は酔楽と懇意《こんい》な火付盗賊改《ひつけとうぞくあらため》板倉出羽守《でわのかみ》の手先として働いているが、半年前には、あろうことか、怪我で運ばれてきたこの千鶴の治療院を隠《かく》れ蓑《みの》にして、鼠小僧《ねずみこぞう》もどきの盗みを働いていた男である。

ただその盗みも、治療院の台所をおもんぱかってのことであった。

五郎政は清治をケチなコソ泥と言ってはばからないが、自分だってもとは町のちんぴらだったのだ。やくざな男と喧嘩《けんか》をして怪我を負い、動けなくなっていたところを酔楽に助けられ、今の暮らしになった男だ。

千鶴たちから見れば二人とも似たり寄ったりだと思うのだが、五郎政は清治が気にくわない。

ケチな盗人野郎という身分を隠して、この治療院に涼しい顔で長逗留《ながとうりゅう》していた図々しい奴だというのがその理由だ。加えて清治の男ぶりが良いのも、五郎政には気に入らないらしい。

とにかく清治とみれば、意地悪な視線を投げる五郎政なのだ。

「お久しぶり……」

千鶴がにこにこして茶の間に入ると、五郎政も清治も、膝を直しておかえりなさいと言って迎えた。

「お二人お揃いで、せっかくですから一緒に食事をしていって下さい」

「ありがとうございやす」

二人は声を揃えて言った。だがふっと二人の声が唱和したのに気づくと、お互いが、しまった、とでもいうようにそっぽを向いた。

清治は、きまずそうな笑みを浮かべたが、五郎政は苦虫を嚙《か》み潰したような顔をして見せた。

だがすぐに五郎政は、

「若先生、これは親分の伝言ですが、求馬《きゅうま》の旦那の大御番《おおごばん》入りのお祝いをやらなきゃならねえが、何時《いつ》がいいか若先生の都合を聞いてくるようにとのことでした」

早速自分と千鶴との繋《つな》がりの深さを誇張するように言った。

求馬というのは、これまで千鶴が巻き込まれた事件解決にいろいろと知恵と腕を貸してくれた小普請組《こぶしんぐみ》の旗本二百石、菊池《きくち》求馬のことである。

半年前に大御番組に入る話がまとまり、今は城勤めを始めているのだが、お祝いはまだだった。

求馬が仕事に慣れるのを待ってからやろうということになっていたからだ。しかしそれも半年も前のことだ。

機会を逸して、千鶴も気に掛けていた所だった。

「そうですね、もう少し早くにと思っていたのについ……私たちは何時でも……」

千鶴は、お道とお竹に確かめるように視線を流す。二人とも頷いている。

「じゃあきまりだな。でも実際求馬の旦那は忙しかったようですぜ。同僚となるお人や上役への挨拶《あいさつ》、慣例となっている付け届け、そして接待、気の進まぬまま押し切られて、おかげですっからかんになっちまったってぼやいておりやしたからね。でもやっと一段落ついたっておっしゃって、つい先日丸薬《がんやく》を持って参りやしたので……」

「で……おじさまはお変わりなく？」

「へい、相変わらずです。ただ近頃は、あっちが痛い、こっちがしびれるなんて言いだしやして」

「でも五郎政さんがついていてくれるから、安心よ」

　お竹が膳を運んで来た。

「手伝います」

　清治はすぐに台所に立って行く。

「ちぇ、点数稼ぎやがる」

　五郎政が舌打ちする。

「だったら五郎政さんもお手伝いしてくれればいいじゃないですか」

　お道が入って来て言った。

「分かったよ、手伝うよ」

五郎政もてんでに膳を運んでくる。

膳には、ぶりの塩焼き、秋茄子《あきなす》の煮つけ、湯葉《ゆば》の吸い物、それに香の物が載っている。

「お酒はありませんからね」

お竹が言って笑った。

「とんでもねえ」

五郎政と清治はまた声を揃え、それに気づいた二人は、今度は苦笑いを浮かべ合って箸《はし》を取った。

しばらく五人は、ぶりがどうの、秋茄子は嫁に食わすなというのだとか、たわいもない話を並べて舌鼓《したつづみ》を打っていたが、

「それはそうと、清治さん、あの恐ろしい盗賊たちは捕まりましたか」

お道が、思い出したように言った。

お道が言った事件とは、二ケ月前のこと、日本橋の蠟燭問屋『山城屋』に賊が入り、主《あるじ》夫婦と奉公人八人を殺し、二百両余の金を盗んでいったというものだ。

日本橋はお道の実家、伊勢屋もあり、お道は他人事ではないのである。

「一つだけ分かったのは、盗賊の頭《かしら》は、瀬田《せた》の徳蔵《とくぞう》という極悪凶暴な奴だってこ

とです」

清治は、俄《にわ》かに俺の出番だとばかりに硬い表情を作って言った。

「瀬田の徳蔵……」

「へい、近江《おうみ》の瀬田の川漁師の生まれらしいんですが、若い時から悪い奴だったと聞いています。これまでにも上方では、見境なく押し入って金は盗る、女は犯す、という事を聞かない者は平気で殺すという大悪党です。あっしも毎日足を棒にして噂を拾っているんですが、なかなかお役にはたっていやせん」

清治は悔しそうに言った。

火付盗賊改の板倉出羽守は、泥棒を重ねていた清治の命を救い、手先として使ってくれているのである。

清治は心底、板倉に大きな恩義を感じている。

「まず、おめえにゃあ無理だな、たかがコソ泥だった者に大盗賊の探索は荷が重すぎらあ。おまけにまだこの江戸が隅々《すみずみ》まで分かっちゃいねえんだ。板倉さまも何もこんな男を使わなくても良いものを……」

早速五郎政は嫌味を言った。

「五郎政さん」

千鶴が、五郎政をぎゅっと睨《にら》む。

だが清治は、

「ちげえねえや」

自嘲《じちょう》してみせた。

「何の手がかりもないんですか」

お道は不安な顔で訊いた。

「今のところは……だから殿様も、じっとしてはいられねえんです。腰が痛いって休むことなどできやせんや。ですからあっしは、時間があれば、せめて殿様の腰をもんでさしあげようと……」

「馬鹿、そんな暇があったら、なんだ……町の隅々まで探索しろよ。どこでどんな情報が転がっているかわかりゃしねえんだ」

「あら、五郎政さん、いい事いうのね」

お竹が言って、くすりと笑った。

「とにかく瀬田の徳蔵は、所を選ばねえ奴らしいんだ。この治療院だって女三人だと分かれば、何時襲われるか分かりゃあしねえ。あっしはそれも案じているんです」

「とかなんとか言って、またここに居候《いそうろう》をしようってんじゃないだろうな」

五郎政は皮肉たっぷりに言った。だが流石《さすが》に言いすぎたと気付いてか、

「まあ、なんだな。この江戸は俺の方がおめえよりは分かってら。頭を下げて頼むんだったら、相談にのってやってもいいぜ」

兄貴面《づら》して胸を張った。

二

「求馬さま……」

千鶴は思わず小さな声を上げていた。

本石町《ほんこくちょう》一丁目の、刻《きざ》み煙草《たばこ》問屋の『三島屋《みしまや》』を出たところで、向こうの方から中間《ちゅうげん》小者を従えた凜々《りり》しげな武士がやって来るのが目に入ったからだ。

裃姿《かみしもすがた》で、それはこれまでに見たこともない姿だったが、紛《まぎ》れもなく菊池求馬だった。颯爽《さっそう》としたその姿は、驚くほど千鶴には新鮮に映った。

求馬も気づいたらしくて、千鶴に向かって、ひょいと手を上げた。

千鶴は思わず辺りを見渡した。面映《おもは》ゆかったのだ。

「やあ、久しぶりだな」

にこにこしながら求馬は近づいて来た。

「ずいぶんご立派に見えますこと……」

千鶴が求馬の姿を改めて眺めると、

「少しは男っぷりが良く見えるか……」

冗談を言って手を広げてみせた。

「ええ、とっても」

千鶴もにこやかに返した。

「大御番組に入ったといっても、役高《やくだか》がある訳ではない。持ち高勤めだ。それなのに、ご覧のように供を連れねば用が足せぬ」

後ろを振り返って供の者に視線を投げると、ふっと笑った。

「大変でございますね」

千鶴がわざと丁寧《ていねい》な物言いをして笑みをみせると、

「だから二人とも口入屋《くちいれや》の世話で雇った臨時の者だ。しばらくは登城の時だけ助けてもらおうと思っているのだ」

照れくさそうに求馬は言った。

求馬は大番入りとなっても、これまでどおり米沢町《よねざわちょう》の屋敷で暮らしている。番町《ばんちょう》に屋敷替えの話はあったようだが、いままでどおりの場所に住むことを願い出たのだ。

組頭にでも抜擢《ばってき》されたというのならまた別だが、今は一介の番衆である。二百石のままの勤めということもあり、求馬の願いはかなえられたようだ。

「いろいろと物入りで、いつまでも丸薬を作らなければならないのですね」

千鶴は、供の者をちらと見て言った。

求馬の供は、いかにも臨時に雇った俄か中間と小者に見える。まるで緊張感がなく、ちゃんと供の役を果たしているのか訝《いぶか》しい。

「しかしこんな恰好では立ち話もできぬな。俺の祝いのことも五郎政から聞いている。勤めは今の所三日に一度だが宿直《とのい》もあるゆえ、近いうちに非番の日を知らせに寄せていただく」

少しはにかんだ顔で求馬は言い、供の者を引き連れて踵《きびす》を返した。

その後ろ姿は、千鶴にはまぶしく見える。

と、その時だった。

「勘弁して下さいまし、おたのみ申します」

恐怖におおのく声がした。

声は、上方なまりの、声変わりしたばかりの少年のようだった。

千鶴が振り向くと、すぐ近くの店の角で、少年が地べたに手をついて頭を下げている。

まだ前髪の、どこかのお店《たな》の小僧のようで、膝の前には唐草模様《からくさもよう》の風呂敷包が見える。

「ふん、謝《あやま》って済むと思うな」

少年を見下ろしているのは、三十前後の羽織袴姿の武士だった。

色白の、神経質そうな目をした男だが、その男の着ている着物は目立った。つやのある生地と、深みのある染め具合から、値の張る絹物だと想像できた。

その男には同じような年頃の連れがいたが、こちらの着物はさほどの代物《しろもの》ではない。そしてこちらの男は、高みの見物と決め込んでいるようだ。にやにやして小僧を見下ろしている。

神経質そうな男は、小僧の面前にしゃがみこんで言った。

「刀は侍の命だ。お前はその刀に、こともあろうに無遠慮に触った」

「申し訳ありません。お使いを頼まれて急いでいたんです！」

小僧は顔を地面に擦《こす》り付けた。

「謝ってすむ話ではないと言っている！……お前は無礼を働いたのだ、無礼打ちにされても仕方がないのだ……そうしてやろうか？」

じわりじわりと脅しをかける。

「ご勘弁を……」

小僧は震えている。

「さて、どうしてやろうか……」

男は小僧の膝の前にある風呂敷包に目を落とした。そしてやにわにそれを摑《つか》んだ。

「あっ、それは……お客様からお預かりしたものです。お返しください！」

小僧は手を伸ばすが、男はその手をぴしりと払いのけた。

「返してほしくば、どこの店の者かまず名乗れ。後日お前の主に挨拶に参るゆえ」

小僧は、あっと顔を上げた。

「それはご勘弁下さいませ。お店や旦那さまには関係ございません」

「そうはいかぬぞ。ただでは済まぬ。それがこの世の決まりごとというものだ」

男は風呂敷包を放り投げた。

風呂敷包は千鶴の足元に飛んできて落ちた。

千鶴は、ゆっくりとその風呂敷包を拾い上げた。

「名前は……店は……今から案内しろ！」

侍は、小僧の襟首《えりくび》を摑んで締め上げる。

「ああ、可哀想にな……」

集まってきた野次馬が声を上げる。

千鶴は、風呂敷包を摑んで、つかつかと男に歩み寄った。

「その手をお放し下さいませ」

「ふん、なんだお前は……」

男は小僧の襟首を摑んだまま、千鶴を睨んだ。

「藍染橋で治療院をやっております桂千鶴と申します」

「ふん、女の医者か」

じろりと千鶴を睨《ね》めまわすと、

「いいから、怪我をせぬうちに、ひっこんでおれ」

冷笑を浮かべた。

「黙ってみてはおれません。刀はお武家さまの魂《たましい》、それはよく存じておりますが、この小僧さんは悪気があってのことではないと言っています。深い度量を見せて下さるのもまた武士というもの、相手はまだ元服前の少年です」

「千鶴と言ったな、誰にものを言っている……女のくせに小生意気な、わしを誰だと思っている。大番組の者であるぞ」

「だったらなおさら、町人にあまりの無体《むたい》をなさると、あなた様のお名を汚すことになりませんか」

「何だと……」

「これだけの見物人です」

千鶴は、自分たちを取り囲んで注視している野次馬を見回し、

「大勢の人たちが見ております」

野次馬に聞こえるように言った。

「そうだ！」

「弱い者いじめをするな！」

どこからともなく声が掛かった。

「ううむ、言わせておけば……」

男は小僧を突き放すと、今度は千鶴の手をむんずと摑んだ。

「ならばお前が小僧のかわりに、わしの言うことに従え。いいたい事を言ったのだから覚悟は出来ているだろう」

「お断りします」

千鶴はなんなく男の手を払いのけた。

「あばずれめ」

男は突然額に青い筋を立てたと思ったら、すっと腰を引いて刀の柄《つか》に手をやった。

野次馬が悲鳴を上げる。

その時だった。

なんと求馬が野次馬を割って走りこんで来た。

「これは、矢崎《やざき》殿、いかがなされた」

矢崎の前に出て、あっけらかんと男に聞いた。

「むむ、菊池か……」

矢崎と呼ばれた男は目を剝《む》いた。余程驚いた様子だった。

「ううむ、ううむ」

矢崎は歯ぎしりをしていたが、

「おい……」

連れの男を促すと、くるりと背を向けて去って行った。

「いいぞ！」

野次馬から拍手《はくしゅ》が起こった。

「ありがとうぞんじます。命拾いをいたしました」

小僧は、千鶴と求馬に頭を下げた。

「よかったわね、怪我もなくて」

千鶴もほっとして言った。

「はい、私は伊勢町にある米問屋の『松前屋《まつまえや》』の丁稚《でっち》で貞吉《さだきち》と申します」

「そう、私は千鶴といいます。そしてこちらは菊池求馬さま。いいですか、江戸は油断がなりませんから、これから十分気をつけるんですよ」

「はい、肝《きも》に銘じます」

貞吉は歯切れよく答えると、深く頭を下げて帰って行った。

「千鶴どの、軽々しい行いはつつしむべきだと言った筈《はず》だぞ」

求馬は、野次馬の輪が解けると、千鶴を通りにある団子屋《だんごや》の前の腰掛に座らせて言った。

「すみません。分かってはいたのですが、つい」

千鶴は言い微笑した。

赤い毛氈《もうせん》を敷いた腰掛に座る藍染袴の千鶴は、凜々しくもあり、また女の色気もほの見える。

求馬は千鶴をまぶしい目で見ていたが、すぐに表情を引き締めて言った。

「まったくひやひやさせる。引き返してこなかったら、どうなっていたことか」

「すみません、助かりました。でも、求馬さまこそ大丈夫ですか……先ほど、あのお侍は大番組だと言っておりました。求馬さまともお知り合いのようですが、後で不都合があるのではありませんか」

「案じることはない。あの者は矢崎金五郎《きんごろう》というのだが、奴が俺に尻込みしたのには、ちょっとした訳があったのだ」

求馬はくすりと笑うと、掻《か》い摘《つま》んでその訳を話した。

大御番組といえば将軍御先手《おさきて》の軍隊という意味だが、全部で十二組ある。

ひとつの組には、五千石以上の旗本か、或《あるい》は一万石程度の大名が一名、大御番頭として座り、その下に大御番組頭が四人いる。そしてこの四人の組頭の下に大御番衆が四十八人いるのである。

つまり、十二組全体を見渡してみると、大御番頭は全部で十二人、その下の大御番組頭は四十八人、そのまた下の大御番衆は六百人いる。ここまでの構成はすべて旗本である。

更《さら》に、お目見え以下の与力が十騎、同心が二十人、それぞれの組下につくから、大御番に組み入れられている人数は、大変な数になるのだ。

そしてこの十二組が、千代田《ちよだ》のお城の西の丸や二の丸の警護を担い、また京都の二条城、大坂城にも交代で上方在番として赴《おもむ》かなければならない。

この二条城と大坂城の上方在番には、十二組のうちの二組ずつが一年ごとに交代で勤務することになっているのだが、かつての上方在番の折、矢崎金五郎のいる八組と求馬が入った五組が大坂在番になったようだ。

求馬の知らない過去のことだが、それが縁で、江戸に戻ったあとも二組は交誼《こうぎ》を結ぶようになり、一月ほど前には八組の者と五組の者とが剣術で友好試合をすることになったという。

番頭《ばんがしら》、組頭を除く番衆が総当たりで手合わせをしたのだが、たまたま求馬と矢崎が相対し、立ち合いが始まるや否や、求馬は瞬《まばた》きひとつの間に、難なく一本取っている。

矢崎は刀の持ち方も分からぬようなへっぴり腰で、求馬の放った小手一本を、ただの一寸も躱《かわ》すことなくまともに受けて、刀を手から放してしまったのだ。見物していた同僚たちから大きな失笑を浴びながら、矢崎はまるで、骨でも折れたごとく見苦しい声を発して転げまわり、審判役の組頭から厳しいお叱りを受けたのだった。

つまり矢崎は、求馬から大恥をかかされて、まだ間もなかったのだ。以後、城中ですれ違ったりすると、矢崎はわざと求馬には気づかないようなそぶりで視線をあちらに向け、すーっと足早に過ぎていくといった体《てい》だったのだ。

「そういう訳があってな……」

求馬は、話し終わって笑った。

「さもありなん……よおく納得できますとも……」

なんと背後から、ひょいと顔を出した者がいる。

南町同心の浦島亀之助《うらしまかめのすけ》と手下の猫八《ねこはち》だった。

二人は、千鶴と求馬の前に回ってきて言った。

「いやあ、どうなることかと、わくわくして見ておりました」

浦島は言った。

「呆れた、じゃあ浦島さまは、ずっと騒ぎをご覧になっていたんですか……」

「そうなんですよ、でね、あっしは旦那に、千鶴先生を助けに出ましょうと言ったんですが、相手はどうやらお旗本らしいから、なんて言っちゃって……」

「分かったわ、私を見捨てたのね」

千鶴が膨《ふく》れてみせると、

「とんでもない。助けに出ようとした時にですよ、求馬どのが現れた、という訳です。足手まといになっちゃあいけないと思いましてね」

「良く覚えておきます」

千鶴が睨むと、

「勘弁してやって下さい、先生。千鶴先生だって、うちの旦那の腕はご存じでしょ。千鶴先生の方が何倍も上なんですから……」

「猫八、そんな言い訳はないんじゃないのか」

浦島が頬を膨らませた。だが猫八は気にもとめずに、

「でね、先生、あの矢崎といういばりくさった野郎ですが、もとは日本橋の呉服

問屋の次男坊ですぜ」

猫八は、意外な事を言った。

「呉服問屋の次男坊……まさか株を買ってお侍になったなんてことではないでしょうね」

「いやいや、同心株なら売買されておりやすが、大御番衆はお旗本ですからね。お旗本の身分はそう簡単には手に入りませんや。奴は巧妙な手をつかったんです。まずは同心株を買ったんですな。そして次には旗本矢崎家に養子に入ったという訳です。矢崎家の家計は破たん寸前だったということですから、まあ親の力ですかね。五百両は持参したかもしれない。いや、もっとかな……」

猫八は値踏みする目で首を傾げた。

「……！」

千鶴は驚きの目で、猫八を見た。

すると浦島が話を継いだ。

「いくら金を積んでも侍の、それも旗本の身分が手に入るのですからね。商人にしてみれば金で身分を買える訳ですから」

「ふむ……」

求馬も驚いたようだった。

「先生、気を付けた方がいいですぜ。あの男、どんなことで仕返しをしてくるか分かりゃあしねえ」

猫八は案じ顔で千鶴に言った。

三

「身請《みう》けされた……おいちさんが？」

千鶴とお道は、引き手婆のおしげの言葉に驚いて顔を見合わせた。

二人はおいちのその後が心配で、近くを往診した帰りに金子屋を訪ねたのだ。

そしたら表で客引きをやっていたおしげに会って、おいちはつい先日身請けされたのだと言ったのだ。

「体の具合は良くなったのですか」

千鶴が訊くと、おしげ婆は首を横に振った。

「熱は下がったけど、咳がひどかったね。それに目の具合だって良くなったわけじゃない」

「すると、身請けした人というのは、余程おいちさんを気に入っていたおなじみさんだったのですね」

「いいや……」

おしげ婆は、また首を横に振った。腑《ふ》に落ちない顔で、

「いちげんさんだったね。初めての客だったよ」

「……」

「相手をつとめた事もない人がですよ。いきなりやって来て、身請けさせてくれっていうんだから、女将さんもびっくりしちゃってさ……」

千鶴の脳裏に、いわれぬ不安が沸き起こった。

「おしげさん、もうすこし詳しく教えて下さい」

「いいよ、じゃ、あそこで……」

おしげ婆は、岡場所の入り口に見える蕎麦《そば》屋を指さした。

「いいですよ」

千鶴は快《こころよ》く頷いた。

「先生、人がいいんだから……」

蕎麦屋に並んで歩きながら、お道が肩をぶつけるようにして千鶴に言った。

とはいえ、昼食もそこそこに往診に出て来た二人も、空腹を覚えていたところだ。

「ここの蕎麦はうまいんだよ。細くて腰があってさ」

おしげ婆は、蕎麦が出てくるのを待つ間に、この店の蕎麦のうまさを説明した。

「時々ここに来るんですね」

お道が訊いた。すると、

「いいや」

おしげは笑って、

「滅多に来ないさ。今日は先生がおごってくれるだろうって思ったから言ったのさ」

「まあ、ちゃっかりね」

お道は、ちらと千鶴を見て笑った。

「ケチな話をついでにするとさ、昔はさ、あたしもあの金子屋の女郎だったのさ。ここの蕎麦なんていつでもお客がおごってくれたもんさ。

男は馬鹿というのか、可愛いというのか、ちょっと甘えてみせれば、鼻の下を長くしてさ、けっこう言うことを聞いてくれるものさね。でも今じゃあこの通り、お客を呼びこんでなんぼの世界さね。お女郎たちからも心付けを貰ってるけど、老後のことを考えれば無駄には使えないよ、一文でも多くためて、そう、どこで野垂《のた》れ死《じ》にしても弔《とむら》いの費用だけは持っていなくちゃ迷惑かけるからね」

妙に切ない岡場所女郎のなれの果ての話だが、おしげは明るかった。

蕎麦が運ばれて来ると、いただきます、なんて手を合わせて、美味《おい》しそうに蕎麦をすすった。

「ああ、久しぶりだね、人におごってもらって食べるのはさ。おいしかったよ」

おしげは食べ終えると、目を輝かせて千鶴に礼を述べ、

「よおし、これからは、先生、あたし、先生の桂治療院をお客に勧めてやるからね、せめてものお礼だ」

そんな事を口走った。

「ところでおいちさんの事だけど……」

千鶴が話を向けると、

「そうだ、肝心なことを話さなくちゃ……」

おしげ婆は、顔を引き締めると、おいちの身請け話を始めた。

「つい先日のことさね、まだ三日も経っちゃいないんだが……」

その日おしげが、店の表で客を呼び込んでいると、五十過ぎの初老の男がやって来て、おしげ婆に尋ねた。

「こちらに、上方生まれのおみねさんという人はいてますやろか。いや、名前は変えて店に出てるかもしれまへんが……」

「おみねさん……！」

おしげ婆は、はっと気づいた。

金子屋では、本名のままで女は店に出ていない。女将が新しい名を付けて店に出す。

それは女に、これからこの店の伏玉として、これまでの暮らしや人とのつながりを、すっぱり切って働いてほしいという意味合いがある。

また女郎にしてみれば、新しい名を使うことで、これまでの自分と縁を切れる。

女郎たちは、なりたくて女郎になったのではない。ここに至るまでの道筋には、さまざまな事情を抱え、苦渋の決断をしてやって来ているのだ。

だからどの女も、本名で店に出てはいなかった。

おしげ婆が、あっと気づいたのは、おいちだったのだ。

おいちは上方の出で、女衒《ぜげん》が連れてきた女ではなかった。

永代橋《えいたいばし》の袂で途方にくれていたおいちを、女将が拾ってきて女郎にしたのだ。

だから女衒が連れてきた女のように、最初から店に多額の借金があるということではなかったが、やはり着るものひとつ、身の回りの物全《すべ》て女将が揃えてやらねばならなかったから、店に借金は作った。

だが行くあてのないおいちが、この店で働こうと考えたのは、ひとえに大坂で暮らす弟にお金を送りたかったからである。

そんなおいちと、この目の前の男はどのような関係があるのだろうかと、おしげは訝しく思いながら、

「うちでは、おいちさんが大坂の出だったと思いますよ。確かに昔は、おみねと言ってたと聞いています」

「そうですか、やはりこちらの宿でしたか……」

初老の男は、ほっとした顔をした。押し出しも良く、どこかのお店の主のような威厳のある男である。

「ですが旦那、おいちさんは臥せっておりましてね、まだお相手はできないんで

すよ」

　おしげ婆は、他にもいい女郎がたくさんいるから、そちらはどうかと勧めてみた。だが男は笑って、首を横に振った。

「そっとおみねさんの顔をみせていただければそれで結構です……確かめたいんです、私が探しているお人かどうか」

「旦那がお探しの？」

「はい。もしも探しているおみねさんやったら、私は身請けしたいと思てます」

「身請けを？」

　おしげ婆は驚いた。

　おいちは労咳かもしれないのだ。しかも目の具合も良くない。そんな状態でこの先、金子屋においてもらえるかどうか、心もとない状態だ。

「でも旦那、おいちさんですが、今は病の床でございますよ、身請けしたって旦那のお世話は出来ないと思いますがね……」

　随分酔狂《すいきょう》な人もいるもんだと思って、おしげ婆は、まじまじと男の顔を見た。

「ええんです。実は私は宗兵衛《そうべえ》と申しますが、昔おみねさんのてて親には大変お世話になった事がございまして、それでこちらにいるおみねさんが、その人の娘さんなら、今度は私が恩返しをしなあかん、そう思うて探していたんでございます」

「へえ……この世の中にはこんな事もあるんだねえ」

感心しているおしげの手に、宗兵衛という男は、すばやく金一朱を握らせた。

「分かりました。旦那がそこまでおっしゃるのなら、女将さんに掛け合ってみます。しばらくここでお待ちください」

おしげ婆はそういうと、慌てて女将に宗兵衛という妙な男がやってきたと掻い摘んで話した。

女将も話を聞いて渡りに舟といった安堵《あんど》の表情を見せた。

「おしげさん、願ってもない話じゃないか、うちにとっても、おいちにとってもさ、ささ、上げておやり」

女将は二つ返事で、宗兵衛を招いた。

宗兵衛は、千鶴が往診したあの板戸の部屋の戸の蔭《かげ》から、おしげ婆が薬をおいちに飲ませるところを、盗み見たのだった。

「間違いございまへん。探していたおみねさんです」

おしげ婆が薬を飲ませて引き上げて来ると、宗兵衛は女将とおしげ婆にそう告げたのだ。

「後でなにかと厄介《やっかい》になっては困りますからね。旦那、あの子を身請けした後で、苦情を言ってこられても困りますよ」

女将は、宗兵衛に念を押した。

おいちの病気のことも、弟がいて仕送りしていることも、それも正直に宗兵衛に話したが、宗兵衛は分かりましたと大きく頷いたのだった。

「おみねさんには、まずは体を治してもらいます。弟さんへの仕送りは、私が責任を持って致します」

宗兵衛はそう告げると、いったん宿に帰ってから出直して参りますと言い、帰って行った。

眉唾物《まゆつばもの》かもしれないと女将と話していると、まもなく宗兵衛の使いの者だという男が現れて、約束した金の五十両を差し出したのだった。

まだおいちにも事情を話してなかった女将は大慌てでおいちに身請けの話をした。

おいちは、宗兵衛という名に覚えはないと言って迷っているようだったが、

「あんたの体じゃあこの先不安だろ。私はなにもあんたを追い出したくて言って

るんじゃないよ。だけども向こうさんは、あんたの病も治してくれるそうだしさ、弟さんへの仕送りもしてくれるそうだから、願ってもない話じゃないかと思ったのさ……」

女将の説得に、おいちは最後には頷いたのだった。

「そういう訳でね……」

一部始終を話し終えると、おしげ婆は冷えたお茶を喉《のど》を鳴らして飲んだ。

「宗兵衛さんて人ですが、もう江戸を発《た》ったのでしょうか」

千鶴は案じながら訊いた。

とてもおいちはあの体で、大坂まで帰るのは無理だろうと思っている。

「さあ、そこまでは聞いていませんね」

「宗兵衛さんの宿は何処だと……」

「旅籠町《はたごちょう》か、新旅籠町と言ったのか、いやいやどっちだったのか……」

おしげは首を傾げる。

「そう……」

千鶴はうつろな声を出した。絵空事のような成行《なりゆき》だったが、こうなったら、おいちがきちんと治療を受けて養生していることを祈るしかない。

「しかし先生はいい人だね」

千鶴の顔を見て、おしげ婆は言った。

「こころの底から女郎の身を案じてくれるなんて、そんなお医者が他にいるものか……」

千鶴たちが案じているおみねは、新旅籠町の『高田屋《たかだや》』の二階で臥せっていた。

この数日、おみねは眠りこけていた。熱は下がっているが起きる元気が出ない。

それに時折咳に襲われるのが気になっている。

また、天井を眺めたり辺りを見渡した時、視界の中の一部分が黒い斑点に邪魔されて見えにくいところがあるのも不安だった。

――それにしても、宗兵衛さんとは、いったいどういう人かしら……。

おみねは、目が覚めると、自分を岡場所から救い上げてくれた宗兵衛という人のことが気になった。

数日眠っていたようだけど、ここに来て何日経っているのか分からない。だが、金子屋に自分を引き取りに来てくれたのは、この宿の主で、長次郎《ちょうじろう》という人だということは分かっている。

最初におしげ婆におみねの所在を尋ねてきたのは宗兵衛という人だと聞いているから、長次郎は宗兵衛の意を受けて、おみねを引き取りに金子屋にやってきたようだ。

長次郎はあの日、女将に身請けの金を渡すと、外に待機させておいた町駕籠《まちかご》におみねを乗せ、この宿まで運んでくれたのだった。

「宗兵衛さんは今商《あきな》いのことで忙しく、おみねさんのお世話は、この宿がお引き受けしております。どうぞ遠慮なく何でもおっしゃって下さい」

長次郎はそう言うと、おみねが仕送りしている叔父の家の所も聞いて、こちらで仕送りの手配を致しますので安心して下さい、と言ってくれたのだった。

そして長次郎は、おみねの世話を、女中のおまさにいいつけた。

だからおまさは、日に何度も部屋に入って来て声を掛けてくれるし、おみねの下着の洗濯から食事まで、かゆいところに手が届くように世話をしてくれている。

――これじゃあまるで、あたしはどこかのお嬢さまみたいだ……。

おみねは日を追うごとに、宗兵衛に対する感謝の気持ちが深くなっていった。

「おみねさん、起きていらっしゃいますか……」

おまさが盆に皿を載せて入って来た。

「すみません、おまささん」

おみねは、ゆっくりと起き上がった。

「美味しいものが手に入りました。奈良《なら》の葛《くず》で作ったくずもちです」

おまさは、きなこのかかったくずもちの皿を、起き上がったおみねに手渡した。

「すみません……」

おみねは、楊枝《ようじ》でくずもちをひとつ、突き刺して口に運んだ。

「おいしい……」

思わず漏らす。

柔らかくて、まったりとしていて、そして上品な甘さときたら、これまでにおみねが口にしたことのないような味だ。

「良かったこと……宗兵衛さんが、おみねさんに食べさせてやってくれとおっしゃって、注文しておいたのが、今日届いたんです」

おまさは、おみねの顔を見守りながら言った。

「すみません」

おみねは言った。

「おみねさん、すみません、すみませんって、そんなに何度もおっしゃらなくてもいいんですよ」

「すみません、癖になっていて……」

と言って、あっと気づいて、おみねは笑みを漏らした。控えめな恥じらいの笑みだった。

「だってあたし、本当にこんなに手厚くしていただいて、申し訳ない思てるんです。あたしなんかに、勿体ないです」

「おみねさん……」

「だってあたしが、こんな安気《あんき》な日々を送れることが出来るやなんて、考えてもみなかったことですから」

「女は苦労よね」

「ええ」

「おみねさんも、苦労してるんですね」

「苦労なんて……弟が立派な医者になってくれればそれでもう……でも今度ばかりは、金子屋からさらにどこかの女郎宿に落ちていくかと不安でした。このような宿で体を休めるなんてことは考えてもみませんでした。でも私、どんなところに落ちたって乗り越えてみせる、そう心に誓っていたんです」

「弟さん思いなのね。その頑張りが福を呼び寄せたんですよ、きっと……これからは幸せになりますよ」

おまさは言ったが、その時だった。

おみねが突然咳を始めた。

「おみねさん！」

慌てておみねの背中をさすりながら、おまさは言った。

「お医者さんを呼んできますね」

「いいんです。大丈夫です。すぐにおさまりますから……」

おみねは、立ち上がりかけたおまさの袖を引っ張った。

四

「先生、お客様ですよ」

女中のお竹が、診察室に入って来て千鶴に告げた。

千鶴は丁度患者の診察を終え、お道にあれこれと指示を出していたところだった。

「どなたかしら？」

立ち上がった千鶴に、

「伊勢町の米問屋で『松前屋』さんですって……」

千鶴は小首を傾げたが、はっと気づいた。

数日前に本石町で、矢崎金五郎なる男から理不尽《りふじん》な仕置きを受けていた小僧が奉公していると言っていた先が、確か松前屋と言った筈だ。

急いで玄関に向かうと、あの小僧を案内役にして、羽織を着た中年の男が立っていた。

男の後ろに見えるのは町駕籠で、駕籠かきが待機している。

「これは千鶴先生でございますか。手前は伊勢町の松前屋の番頭で与兵衛《よへえ》と申します。せんだってはうちの丁稚をお助けいただきましてありがとうございます。本日はそのお礼に参上いたしました」

番頭と名乗った与兵衛は、丁寧に頭を下げた。

「どうぞ、おあがり下さいませ」

千鶴の後ろからお竹が言ったが、

「いえ、こちらで……」

遠慮して立ったままで、おかげさまで店も厄介なことにならなくて済み、主からも重々お礼を申し上げるように言われてやってきたのだと言った。

「ここだけの話でございますが、お武家さまはどうやらうちにねじ込もうという考えだったように思われます。そんな事になったら、どれほど無理難題を言われましたことやら……貞吉の話を聞きましてぞっといたしました」

「ほんとうに……あの時は私も冷や汗をかきました。でもお礼とおっしゃるのなら、菊池さまというお旗本に申し上げて下さいませ」

「はい、その事も存じております。このあとにお屋敷の方にお訪ねして、お礼を申し上げるつもりです」

番頭は、連れて来た丁稚の貞吉をつっついた。

「千鶴先生、ありがとうございました」

貞吉は深く頭を下げた。

「良かったわね、これからは気をつけて」

「はい」

しっかりと頷く丁稚を、与兵衛は見守ったのち、

「松前屋の本店は大坂にございまして、この子は、その大坂からやって参りました者、まだ若い衆の仲間入りもしてはおりませんが、なかなか利発で、わたしどもも期待して躾《しつ》けてはいるのですが、なにしろまだこの江戸に慣れてはおりません」

「もっともなことです」

千鶴は相槌《あいづち》を打った。

貞吉は気恥ずかしそうな顔をしている。

「どうぞこれを機会に今後ともよろしく……先生にはこれから往診もお願いしたいと主が申しておりまして……」

与兵衛は、懐《ふところ》から袱紗《ふくさ》に包んだ物を出して千鶴のひざ前に置いた。

「些少《さしょう》ですが、医療のお役に立ててくださいませ」

「番頭さん、これはいただけません」

千鶴は袱紗を押し返した。

——ああ、まったく……。

なんで頂かないんだと、お竹が千鶴の背後から様子を窺《うかが》っている。

しかし番頭は、もう一度袱紗を押し返してきた。

「失礼ながら、こちらではお金のない患者からは薬礼をもらっていないと聞いております。どうぞこのお金は、そういう人たちのためにお使い下さいませ」

千鶴は少し考えて頷いた。

「では、遠慮なく頂戴いたします」

「それと……」

与兵衛は背後を振り返って駕籠かきに頷いた。

「へい」

と駕籠かきは返事をすると、駕籠のすだれを捲《めく》った。

なんと籠の中には、米俵がひとつ載せてある。

駕籠かき二人は、その米俵を運んできて、上がり框から板の間の寄り付きに、どんと据えた。

「手前どもで販売しております美味しい近江のお米です。どうぞ召し上がってくださいませ」

「まあ、助かります。丁度お米が切れたところでございました」

お竹は、千鶴の前に飛び出してきて礼を述べた。

「お竹さん……」

困るじゃないのと、千鶴は与兵衛たちが帰ると、困惑した目をお竹に向けた。

「先生、いいじゃないですか。美味しいお米なんて、この治療院の薬礼では食べられませんよ。遠慮するのもほどほどにしてくださいませ」

お竹も負けてはいない。だが目の前の俵を前にして、

「しかしこれ、一人では運べないわね。先生にも手伝っていただきます。そうだ、お道っちゃん！」

お道のいる診察室の方に大声を張り上げたその時、

「ごめん」

圭之助《けいのすけ》がやって来た。

「まあ、圭之助さん……」

千鶴は驚いて見迎えた。圭之助に会うのは久しぶりだった。

千鶴が圭之助と知り合ったのは半年も前のこと、北森下町《きたもりしたちょう》の裏店《うらだな》に往診に行った時の事だ。

往診先の患者の枕もとで世話を焼いていたのが圭之助だった。

しかも圭之助は、大坂で昨年コロリが流行《はや》った時に、町の人たちにさまざまな注意を促したことが商人の怒りを買い、

――流行病にことよせて妄言をまき散らし、人々の往来を封じ込め、商いを疲《ひ》弊《へい》させている――

などと町奉行所に訴えられて厳しい詮議《せんぎ》を受けた。

しかもしばらく医療活動の謹慎《きんしん》を言い渡されて、それではとぼりが冷めるまで江戸にやってきたのだと言っていた。

「千鶴どのに頼みたいことがあって参ったのです」

圭之助は言った。

するとお竹は、

「あら、丁度よかった。すみません、女手ばかりで困っておりました。この俵を台所に運ぶのを手伝っていただけませんか」

ちゃっかり圭之助に頼んだ。

「お安い御用だ」

圭之助は笑って上に上がると、奥から出て来たお道も手伝って、皆で俵を台所に運んだ。

「申し訳ありませんでした」

千鶴は、圭之助を診察室に誘うと、お竹が淹《い》れてくれた茶と菓子餅《かしもち》を勧めた。

お道も入って来て薬簞笥《くすりだんす》の前に座り、千鶴が指示した患者の薬を調合し始めたが、お道の関心はもっぱら圭之助に向けられているようだった。

「有難い、今朝茶漬けを食ってから何も口にしていなかった……」

圭之助は、菓子餅を頰を膨らませて食べた。

お道がくすりと笑うと、圭之助も照れくさそうに笑った。

圭之助はあっという間に食べ終わった。そして改めた顔で千鶴に言った。

「千鶴どの、あなたに診察を頼みたい人がいるのです」

「私に？」

「新旅籠町に高田屋という宿があるのですが、そこに逗留している女子《おなご》です。宿の主は大坂の人でして、私がこの江戸にやってきた時には、長屋が見付かるまで世話になった。その主に往診を頼まれましてね、行ってみたのですが、女の病は一筋縄ではいきそうもないのです。薬を渡してそれで済むというものではない。長い時間がかかりそうなんです」

千鶴は頷いたが、

「でも何故私に……」

手にあった湯呑茶碗を下に置いて訊いた。

「実は私は、大坂にしばらく帰らなければなりません」

「まあ……」

「叔父から手紙が参りましてね、母が病の床についたというのです。母からは何も言ってきてはおりませんが、叔父が一度診てやったらどうかと……自分の母親の病を診るぐらいで、町奉行所がとやかくいう筈はないと」

「……」

「母一人子一人で、ずいぶんと母には苦労を掛けましたからね。病に臥せっていると聞けば、私もじっとしてはいられないのです」

「分かりました、お引き受けいたします」

千鶴は、きっぱりと言った。

「有難い……あなたに引き受けてもらえば安心だ」

圭之助は、ほっとした顔を見せた。

「それで……その患者さんの具合はどういう状態なのでしょうか」

「肺腑《はいふ》を患《わずら》っている。ぜんそくかもしれませんが、労咳の初期症状にも似ています」

「……」

「それと、目の具合がよろしくない」

「目も……」

「そうです。目の病については、シーボルト先生の教えを受けている千鶴どのの方が私より優れている筈だ、よろしく頼みたい。なにしろ女は岡場所にいたらしくて、ろくろく治療を受けてなかったようすだったな」

「岡場所……圭之助さん、まさかその人、おみねさんというのではないでしょうね」

「これは驚いた。その通りです、おみねというらしい」

「先生、新旅籠町にやっぱりいたんですね」

お道が驚いて、側にやってきて座った。

千鶴は圭之助に、おみねに関わってきたこれまでのいきさつを掻い摘んで話した。

圭之助は何度も頷いて聞いていた。話を聞き終わると、

「おみねさんも私が同じ大坂の人間だと知ってか心を許して、弟が医者になりたくて勉学に励んでいる、先生、大坂にお帰りになったら、弟の様子を見てきてくれませんか……そう言いましてね、私も一度様子を見に行ってやろうと考えています」

千鶴とお道は、ほっとして顔を見合わせた。

翌日の昼過ぎに、千鶴はお道と高田屋に向かった。

玄関でおとないを入れると、おまさという女中が出てきて、二人を二階の客間に案内した。

四畳半ほどの小奇麗《こぎれい》な部屋に、おみねは寝かされていた。

「おみねさん、お医者さまが来てくれましたよ」

おまさが告げると、おみねは目を開けて千鶴たちの方に顔を向けた。そしてあっと驚いた。

「先生！」

「心配していましたよ……でもこんなに近くにいたなんて」

「すみません」

おみねは、弱々しい声を発した。

額に手を当ててみると、高熱は下がったようだが微熱は残っていた。顔色も良いとは言えない。

「しんどくないですか」

千鶴が訊くと、おみねは、

「少し……」

と言った。

「時々咳をしています」

おまさが横合いから症状を訴えた。

千鶴は頷いて、

「食欲はありますか？」

不安そうな顔で千鶴の顔を窺っているおみねに訊いた。

「ここにこうして寝てばかりいるんですから、あんまり……」

おみねは、心細そうな顔で答えた。

「分かりました。食欲の出るお薬は後で持ってきますね。しっかり食べて下さい。そうでないと、どんな病気にも勝つことはできません」

「病気に勝てるんですね、先生」

「そうです。食は体を作るといわれています。人間は口からさまざまな滋養《じよう》を取り込んでいるから生きていられるのです」

「万が一労咳でも治りますか？」

おみねの瞳が、一瞬暗い光を放ったように見えた。もしや、とおみねは自分でも〝労咳〟を疑っているのに違いない。

「もちろん治りますよ。おみねさんはまだ労咳だと決まった訳ではありませんよ。滋養をとって、ちゃんとお薬を飲んで……病は気からって言葉もありますからね。気持ちが一番大切です」

「先生、ありがとうございます。先生にそのように言っていただいて、私、不安が飛んでいきました」

「おみねさん……」

千鶴はおみねの手を握った。

おみねは、心細そうな声を上げた。

「本当は、目も少し具合が良くないんです……そやけど先生には嘘つきました、なんでもないって……だって自分が病気だなんて認めたくなかったんですあたし……」

「分かっていました、気にしないで……それより、おみねさんの心の中にあるもの、吐き出してしまいなさいな。心が軽くなれば病も軽くなりますよ」

「ええ……」

おみねは頷いて、ほんのしばらく逡巡《しゅんじゅん》している様子だったが、やがて顔を上げると、

「先生、あたしがなんで岡場所で働くようになったのか、聞いてくれますか……」

じっと千鶴の目をとらえた。

「ええ、お聞きします。他言もいたしませんから何でも話して下さい。病を治すにはそれが一番……」

「七年前のことです。両親は借金取りに追われて、弟と私を長屋に置き去りにして何処かに欠け落ちしてしまいました……」

おみねは十七歳、弟は六歳だった。

明日食べる米もない侘び住まいで、おみねは泣きじゃくる弟と二人で一夜を明かしたが、待っていても両親が帰って来る保証はどこにもなかった。

自分が働いて、このまだ幼い弟を養わなければならない。その事で、おみねは泣くことも出来なかった。

ただ、おみねは、自分たちを置き去りにした両親を怨《うら》む気にはなれなかった。

それは、母も父も怠けて借金を作った訳ではなかったからだ。

食にしても衣服にしても、切り詰めるだけ切り詰めていた。

一汁一菜、衣服も着たきり雀《すずめ》、むろんどこかに物見遊山《ものみゆさん》に行く訳も無い。

一緒に日傭取《ひようとり》に出ていた長屋の男たちが飲んだくれて帰って来るような時も、父だけは酒一滴口にしないで帰って来た。

それでも貧乏だったのは、両親二人とも字が読めず、どこに働きに出ても賃の高い仕事にはつけなかったからだ。

そんな家計の中で誰かが病気にでもなれば、たちまち借金を背負うことになる。しかもその背負った借金は膨れるばかりで返済するのは至難の業だったのだ。

そうして利子が利子を生んで膨れ上がった借金の額は、両親の手には負えなくなっていたのである。

両親は、身を切られる思いで二人を置いて行ったに違いないのだ。お天道《てんとう》さまの光の下を大手を振って歩けなくなった自分たちと一緒にいるよりは、子は子の道を行くほうがいい……誰かに拾われて養子になって、そうすれば少しはましな暮らしが出来るに違いない。

一見無責任な考えにも見えるが、切羽詰《せっぱつ》まった両親は、自分たちと一緒にいては地獄に落ちるだけだと、そう思ったに違いないのだ。

おみねは一晩考えて、そう確信した。

ここまで大きくしてもらった自分が今するべきことは、この幼い弟を立派な大人にしてやることだ。両親もそれを願っているに違いないのだ。

おみねは翌日、すぐに動いた。

これまで勤めていた水茶屋をやめて、給金の良い料理屋『浜菊《はまぎく》』の仲居の仕事を見つけた。

ただ、確かに給金は良かったが、住み込みが条件で、しかも弟まで住まわせることは無理だと言われた。

おみねはそこで、弟を難波の桶《おけ》職人の叔父の家に連れて行った。働いて得た金を叔父夫婦の家に送る。その金で弟の面倒を見てほしいと頼んだのだ。

叔父夫婦には、十歳になる男児がいた。貧乏な暮らしは、おみねの家とさして変わらなかったが、快く弟を受け入れてくれたのだった。

「弟には読み書き算盤《そろばん》、世の中に出て困らぬよう寺子屋に通わせて下さい。お金は私がつくりますから……」

おみねは、叔父夫婦に手を合わせるようにして頼んだのだ。

それからというもの、おみねは懸命に働いた。

「まったく、こんな事までやってられないよ……」

などと同僚たちが嫌がる仕事でも、おみねはにこにこして手を休めなかった。

自分が働くことで弟が不自由のない暮らしをしている……そう思うと苦も楽に感じられる。文句をいうどころか、お金を稼ぐことが出来る幸せを感じていた。

――おっかさん、おとっつぁん、頑張ってるから、安心してな……。

月がくっきりと見える時には、おみねは胸に手を置いて、どこにいるかもしれない両親に語り掛けた。

働き者で笑顔良しのおみねは、主の儀兵衛《ぎへえ》、おつた夫婦にもかわいがられて、やがては仲居の中堅頭になったのだった。

給金も増え、ますますこれからも頑張って働こうと張り切っていた今から四年半ほど前のこと、おみねは思わぬ事件に巻き込まれた。

その日、昼食を済ませて帰って行った侍数人が使った座敷を片付けていた時のことだ。

侍の一人が座敷に財布の忘れ物をしたと言って引き返して来た。

おみねが、そのようなものは座敷には残っていなかったと告げると、

「お前がねこばばしたのではないか」

おみねを指さして、侍は白状しろと激昂《げっこう》したのだ。

主の儀兵衛が慌てて出てきて、

「この者は嘘をつくような女子《おなご》ではございまへん。どうぞご勘弁下さいませ」

と手をついたが、侍は、

「それなら俺が、嘘をついている、因縁《いんねん》をつけていると申すのか！」

酒を飲んでいたこともあったのだろう、容赦《ようしゃ》のない顔で主を脅した。

「俺は大坂在番だぜ。その俺をこれ以上愚弄《ぐろう》するのなら、この店がどういう店なのか徹底的に吟味《ぎんみ》するまでだ。それでも良いか」

険しい顔であれやこれや覚えのない疑いを持ち出して、叩けば埃《ほこり》が出るだろう、などと主を脅したのだ。

三日後のこと、おみねは、

「お前がここにいては店が危ういんや。悪いが辞めてもらうよ」

儀兵衛にそう言われて、店を追い出された。

弟に会いたかったが会えるはずもない。年端《としは》もいかぬ弟に余計な心配はさせたくなかったのだ。

それに、店を追い出されたなどと叔父に話せば、叔父夫婦は弟の面倒を見ることを放棄するかもしれないのだ。

叔父はともかく血の繋がりのない叔母の計算高い性格は、父母と暮らしていた時に聞いている。

ここは叔父夫婦にも弟にも黙って別の店で働けばいいのだ。

おみねはそう考えて京に向かった。

そして高辻《たかつじ》にある染物屋の店に女中として雇ってもらった。
だが、三ケ月もたたないうちにおかみさんに追い出された。
主がおみねを手籠《てご》めにしようとしたことがバレたのだった。
おみねは、江戸から京に商いでやって来ていた商人と三条大橋《さんじようおおはし》で知り合い、
その商人に頼んで江戸まで同道してもらったのだ。
ところが、江戸に到着し、商人と別れてまもなく、ならず者に襲われた。這《ほ》う
這《ほ》うの体《てい》で逃げ、疲れ果てて永代橋の袂に蹲《うずくま》っていたところを、金子屋の女将
に拾われたのだ。
「その時にはもう、手持ちのお金は一文もありませんでした」
おみねはそこまで話すと、改めて千鶴の顔を見た。
「弟にお金を送る期限もとっくに過ぎておりました。お金を早くつくらなければ
……それで、女将さんに事情を話して、自分から女郎になったんです」
「……」
息を殺すようにして話を聞いていた千鶴とお道、それに女中のおまさも、すぐ
には言葉が出てこなかった。
通り一遍《いっぺん》の相槌を打つことは躊躇《ためら》われた。

「でも、そのお侍はひどい人……おみねさんの苦労は、財布のことで難癖をつけてきたその理不尽なお侍さんのせいではありませんか」

　お道が言った。

「大坂では江戸のようにお侍さんの姿は多くはありませんが、それだけに、大坂在番、なんて告げられると、皆びびってしまって……」

「先生、先生の話に出て来た矢崎って人もひどいお侍さんだと思いましたが、おみねさんを犯人扱いしたお侍さんもひどいですね」

　お道の言葉に、

「あの、今なんておっしゃいましたか……矢崎といいましたね」

　おみねは驚いて訊いた。

「矢崎というお侍が何か……」

「私に難癖をつけた卑怯《ひきょう》なお侍も、矢崎でした」

　おみねは言った。

「矢崎……矢崎のその下の名はなんと？」

　千鶴が訊く。

「金五郎です。矢崎金五郎、大番組の人です」

「矢崎金五郎……」

今度は千鶴とお道が驚いて、顔を見合わせた。

「私、この世に神さんはいないのかと……悔しくて悔しくて、矢崎という人と浜菊の旦那はんには怒りでいっぱいでした。忘れたことはありません。でもここにきて、思いがけず宗兵衛さんという方に助けていただきました。先生、人間救われることもあるんですね。あたし、初めてそう思いました。ですからあたし、宗兵衛さんにはほんまに感謝しているんです。どのような方なのか、お会いしたらお礼を申し上げたいと思っています」

おみねはしみじみと言う。

「宗兵衛さんを知らないんですね、どんな人か……」

お道が訊いた。

するとおみねは、こくりと頷いたのだった。

五

その宗兵衛という男、その頃本所源森川《ほんじよげんもりがわ》沿いの中之郷瓦町《なかのごうかわらまち》にいた。

土手に積み上げた材木に隠れて一軒の古い家を険しい目で見詰めていた。

その家とは、昔瓦職人を寝泊まりさせていたもので、平屋の、茅葺《かやぶき》の家だった。

家の横手には瓦の焼き場が見えるが、今は廃墟となっていて、焼き場の前には焼き損じた瓦が山のように積まれている。

辺りには秋の草花がところどころに群がって咲いているが、往来する者はなく、赤とんぼが悠然と飛び回っている。

宗兵衛がここに通い詰めてもう十日になる。瀬田の徳蔵を自分の目で確かめようとしているのだった。

瀬田の徳蔵とは、いま火付盗賊改や町方の同心たちが、その行方を必死に追っている盗賊である。

二ケ月前、瀬田の徳蔵と目される盗人が、手下数名を指揮して日本橋の蠟燭問屋に押し入った。

一味は主夫婦と奉公人八名を殺して金を奪っているが、殺傷までして奪った金額は二百両あまりと少なかった。

瀬田の徳蔵は、いわゆる入念に下見をし、手引きの者を入れて頃を見計らってやるような仕事はしない。手当たり次第に押し入るから、稼ぎが一定していないのだ。

山城屋の場合も、主以下脅されて殺されても皆口を開かなかったとみえ、地下蔵にあった金七百両余は無事だったのだ。

一味の顔を見た者は皆殺しされて誰も証言するものはいなかったが、奪った金箱の中に、小舟の絵が残されていて、一味は間違いなく瀬田の徳蔵だと火盗改も町奉行所も断定したようだ。

これまでにも瀬田の徳蔵は、押し入った先に必ず小舟の絵を残してきている。

その残忍な押し込みが瀬田の徳蔵の手口だと、辻売りのよみうりを見て知った宗兵衛の驚きは、心の臓が飛び出るほどだったのだ。

なぜなら宗兵衛は、一年前に大坂で、瀬田の徳蔵を刺殺している。

――まさか……生きていたというのか。

宗兵衛は自身の目で徳蔵の姿を確かめたかったその強い気持ちが、今ここにへばりつけているのである。

――人ひとり殺した……。

その者がたとえ極悪の盗賊であったとしても、許されるものではない。宗兵衛が大坂を出奔《しゅっぽん》した理由はそれだったのだ。

もしもあの殺しが未遂で終わっていて、徳蔵が生きているというのなら、何もこの江戸で宗兵衛という偽名を使って暮らさずとも、また堂々と大坂に戻って暮らせるというものだ。

そこで宗兵衛は、昔上方でなめ役をやっていた男を見つけ出し、その男に金を掴ませて、徳蔵が次の押し込みを図っているという情報を得たのだった。

なめ役というのは、もともとは標的とする商家の間取りや蓄財、家族や奉公人の動向など調べ上げる者のことだが、近年はその情報を盗賊たちに売りつけて、それを商売としている者のことである。

その男は、徳蔵の噂を聞いて情報を売り込もうとしたらしいが、徳蔵は話に乗ってこなかった。

お前の情報ごときに頼るつもりはない。俺はそんな金をびた一文出したくない。のっけに押し込んでも金は盗める。徳蔵はそう言って一蹴したというのだ。

その折のくやしさが手伝って、なめ役の男は宗兵衛が握らせた小金には見合わない徳蔵の情報を教えてくれたのだった。

「徳蔵は近く急ぎ働きをやる。奴らの盗人宿《ぬすっとやど》は、中之郷瓦町だと聞いてますぜ」

そこで宗兵衛は、この源森川沿い一帯を虱潰《しらみつぶ》しに調べていた。

果たして数日前に、今張り込んでいる廃屋に盗人らしき者たちが集まっているのを摑んだのだ。

ただ、何人かの姿は見ているが、その者たちは宗兵衛の知らない顔ばかりで、徳蔵の姿はまだ見ていない。

――なぜだ……。

宗兵衛は、はたと気づいた。

そうか、徳蔵はここには住んではいないのだと。徳蔵は別の場所に暮らしていて、話が固まったところで今張っている廃屋にやってくる段取りに違いない。

気長に待つしかあるまいと、宗兵衛はそう考えて張り込んでいるのだった。

「……！」

家の中から男が二人出てきた。

宗兵衛は、身を低くしてじっと見詰める。

どこかに出かけるのかと思ったら、男二人は家の横手に積み上げている薪《まき》を腕一杯に抱えて、家の中に入って行った。

「……」

宗兵衛は大きく息をついて緊張をほぐした。

――今日も無駄足だったのか……。

宗兵衛は材木にもたれて座った。廃屋に背を向けた格好だが、正直疲れ果てていた。

懐から煙管《キセル》を取り出すと一服吸いつけた。息を殺すようにして喫《の》む。

だがその手が、はたと止まった。

下ろしていた腰を油断なく上げて身を起こし、体を廃屋に向けると材木の間から向こうを見た。

「……！」

廃屋から見たことのある男が出て来たのだ。

――風太郎《ふうたろう》やないか……。

宗兵衛の目が光った。

風太郎というのは、京は鞍馬《くらま》の山奥から出て来た男で、韋駄天《いだてん》のように足が素早い。そこで押し込みをする盗賊たちは、よく連絡役《つなぎ》に使っていた男だ。

風太郎は辺りを注意深く見渡すと、隅田川《すみだがわ》の方に歩き始めた。

何時風太郎が廃屋にやってきていたのか宗兵衛は確認していないが、風太郎がいるという事は、瀬田の徳蔵に雇われているに違いないのだ。

――奴を尾《つ》ければ必ず瀬田の徳蔵に行きつく。

宗兵衛は煙管を懐にしまうと、風太郎の後をつけ始めた。

三囲《みめぐり》神社の近くにあるその別荘は、漆《うるし》を塗った板塀に囲まれた瀟洒《しょうしゃ》な建物だった。

塀の中はひっそりとしているが、つい四半刻（三十分）前には、犬の唸り声が表まで聞こえていた。

浦島と猫八が塀に近づくと激しく吠え立て、門を押しあけて中に入ろうものなら、がぶりとやられそうな狂犬の鳴き声だった。

そこで二人は、離れた場所から別荘の主が帰宅するのを待っている。

だが既に一刻半（三時間）は過ぎた。

日も西に傾いて、隅田川は夕闇に包まれ始めている。

かあ、かあと、烏《からす》がねぐらに帰るのか、羽音を立てて藪《やぶ》の中に飛んで行くのを見ると、

「旦那、いつまで待ったら、あの別荘の住人は帰ってくるんでしょうね」

待ちくたびれた猫八の声も、薄墨色に染まる向嶋《むこうじま》の景色の中に侘《わび》しく響く。

話しかけられた浦島の方はというと、もうとっくの昔に精根尽きて、草むらに腰を据えてうつらうつらと船を漕《こ》いでいる。

猫八は、太いため息をついて浦島の顔をまじまじと眺めた。

――まったく、旦那のために、こうして頑張っているというのに……。

つい先日のことだ。

浦島の上役の与力の倅《せがれ》が、このあたりに友達と釣りにきていて、別荘から走り出て来た犬に嚙まれ、何針も縫う大怪我を負った。

丁度三囲神社の社務所からも、参拝客が嚙まれてひと悶着《もんちゃく》あったとして、別荘の持ち主に犬の処分をするよう命じてほしいと町奉行所に依頼があったのだ。

それを聞いた浦島は、今が出番だ、とばかりに張り切って、今日の昼過ぎにここにやってきたのである。

閑職の定中役《じょうなかやく》からいっときは同心の花形、定町廻りの補佐役となっていたのに、捕り物に失敗して、また定中役に逆戻りしている浦島だ。

なんとか定中役から脱したいと、今度の犬の一件は、上役に自分の腕を見てもらう絶好の機会だと考えたのだ。

なにしろ再び定中役に戻ってから、千鶴やお道や、お竹に五郎政にまで馬鹿にされているようで、浦島としてはなんとしてでも定町廻りに返り咲きをしなければならないのだ。

まずは別荘の持ち主を確かめることだ……。

浦島は決死の気持ちでここにやって来ると、まずは自身番屋《じしんばんや》で別荘の持ち主を調べてみた。

ところがそれで分かったことは、帳面上は日本橋の商人の物らしいが、実際に使っているのは武家だということだった。

しかもその武家が、最近誰かに又貸ししているようで、今別荘を使っているのは、初老の、上方の商人で、名を徳右衛門《とくえもん》というらしい。

ただ、人に嚙みつく獰猛《どうもう》な犬については、この徳右衛門が飼い主なのか、別荘の持ち主である侍なのかは判然としなかった。

番屋は、武士の出入りもあることから及び腰で、静観の構えといったところだった。

「旦那、起きて下さいよ。居眠りしてる場合じゃねえんですって。日も暮れてきやしたからね、いっそもう帰りますか……」

猫八は、浦島の体を揺り動かした。

「何、現れたのか……」

浦島は、寝ぼけ眼《まなこ》で辺りを見渡した。

「ったく……」

顔を顰《しか》めた猫八だったが、次の瞬間、

「旦那、人が来やすぜ」

猫八は、浦島の袖を引っ張った。

猫八は、目の先に、遊び人風の男が近づいてくるのを認めたのだ。

「よし、行くぞ」

立ち上がろうとした浦島の肩を、猫八は強く押して座らせた。

「何をするんだ」

「しっ」

猫八の目は、遊び人風の男の後ろから、初老の男が尾けて来るのに気づいていた。

「旦那、こりゃあ何かありそうですぜ。声を出さないでください。しばらくここで様子をみましょう」

二人は草むらの中に深く身を沈めた。

なんと二人が視線の先にとらえたのは、一人は鞍馬の風太郎、そしてもう一人の初老の男は宗兵衛だった。

風太郎も宗兵衛も、浦島と猫八が潜《ひそ》んでいることなど気づいていないようだった。

宗兵衛は、風太郎が別荘の門に手を掛けたその時、するすると走って来て、風太郎の背後から声を掛けた。

「風太郎……」

風太郎は、ぎょっとして振り向いた。

「儀兵衛さんやないですか」

驚愕《きようがく》して、門に掛けた手を離すと身構えた。

「びっくりしたぜ、ついそこで、おめえの姿を見てな」

儀兵衛と呼ばれた宗兵衛は、薄笑いを浮かべて言った。

「な、なんの用ですか」

風太郎は、後ずさりした。その眼は怯えている。

「何、ひとつ聞きたいことがあるんや……瀬田の徳蔵が近頃江戸を荒らしていると聞いてるが、あんさん、一緒に仕事をしてんのんか？」

険しい目で問い質《ただ》す。

「あ、あんたには、関係あらへん」

「そうはいかんのや。奴は生きていて、まだ盗人稼業をやってるって事やな」

「何も言わねえ、知らん」

「ふん、慌《あわ》てるところを見ると、やっぱり一緒に仕事をしてるんやな……そうか、ここが奴の住処《すみか》か？」

言ったその時、風太郎がいきなり匕首《あいくち》を抜いて宗兵衛に飛びかかって来た。

だが宗兵衛は、その腕を瞬時に捻《ね》じ伏せた。風太郎の腕を後ろに捻じ曲げ、

「正直に話してくれたら解放してやる。瀬田の徳蔵は生きてるんやな、言え！」

ぐいと締め上げた。

「わかった、苦しいから放してくれ」

風太郎が苦しげに言った、だがその時、

「なにごとだ」

何時の間にやって来たのか、矢崎金五郎が近づいて来た。

「矢崎さま……」

驚いた宗兵衛に矢崎は言った。

「ほう、儀兵衛ではないか、こんなところで会おうとはな」

「矢崎さまは何故こちらに、まさかこの風太郎たちと……」

風太郎をちらと見る。

「なんの話だ。わしはこの別荘の主だ。それだけだ」

「いや違いますな。あなた様は瀬田の徳蔵をここに住まわせているのやありませんか。もしそうなら、矢崎さま、瀬田の徳蔵は盗人ですぞ、盗人を匿《かくま》っては矢崎さまもただではすみませんぞ」

「誰に貸そうと俺の勝手、それに徳蔵などという者は知らぬな」

「まさか、矢崎さまも盗人の一味……」

呟いてから宗兵衛は、はっとなった。

「ふん、余計なことを……」

矢崎は、すっと後ろに下がると刀を抜き放った。

宗兵衛は、風太郎を盾《たて》にして、二歩、三歩後ろに下がった。そして次の瞬間、風太郎を矢崎の方に突きやって、隅田川めがけて走り出した。

だが、矢崎の一太刀は、宗兵衛の肩を斬っていた。

「止めろ！……南町奉行所の者だ……」

浦島と猫八が飛び出して来た。だが浦島の足は、声とはうらはらにがたがた震えている。

猫八は、咄嗟《とっさ》に呼び笛を空に向かって吹いた。

薄闇の空に笛は何処までも響いていく。

「むっ」

矢崎がひるんだその時だった。

川に人の飛び込む音がした。三囲の船着き場の方だった。

「旦那！」

猫八は浦島を促して船着き場に走った。

だが、黒々とした川の流れの他は何も見えない。

二人は別荘の方を振り返った。

こちらにもう人の姿は無かった。

「ちっ」

猫八は舌打ちして、浦島と顔を見合わせた。

六

新旅籠町の通りに淡い月の光が落ちている。

頃は五ツ（午後八時）、人通りも絶えた道を、よろよろと歩いて来る者がいた。

ずぶぬれになった宗兵衛だった。

宗兵衛は、向嶋の三囲神社の船着き場で川に飛び込んだが、体を水に漬けたまま岸にしがみつき、矢崎や見知らぬ男たちが船着き場から立ち去るのを待っていた。

そして、人の気配が無くなるのを確かめてから岸に上がり、吾妻橋《あずまばし》の下手にある船屋まで歩き、船一艇を雇い、大川を下って浅草御蔵《あさくさおくら》の横手から三味線堀に入り、新旅籠町河岸で下りたのだった。

そしてそこから高田屋めがけて歩いて来たのである。

宗兵衛は、高田屋の軒行燈《のきあんどん》の前で立ち止まった。既に大戸は閉まっている。

「開けてくれないか……長次郎さん！……長次郎さん！」

宗兵衛は大戸の横のくぐり戸を叩いた。

まもなく戸が開いて、手燭《てしょく》を持った長次郎が顔を出した。

「これは、宗兵衛さん。いったいその姿はどうなさったのです？……ずぶぬれではありませんか」

慌てて長次郎は宗兵衛を中に入れ、奥に向かって声を上げた。

「誰か、出て来ておくれ！」

すぐに走り出てくる足音がして、仲居一人と若い衆がやってきた。

「早く宗兵衛さんの着替えを……それから体が温まるようにたまご酒を差し上げておくれ」

長次郎は、てきぱきと指示をした。

宗兵衛は、ぐったりとした様子で上がり框に腰を下ろした。

「このような時になんですが、実はおみねさんが血を吐きましてね」

「血を……」

宗兵衛は、驚いた目で長次郎を見上げた。

「はい、今は眠っておりますが、着替えをなさったらお見舞い下さい」

立ち上がった宗兵衛を抱え込んだ。

「うっ」

宗兵衛が顔を歪《ゆが》める。

「怪我をなさっているのですか！」

長次郎はぎょっとした目で宗兵衛の体に手燭の光を当てた。

「何、かすり傷だ」

宗兵衛は手を上げてそう言ったが、その肩から血がにじんでいる。

「これは……すぐに医者に診ていただきましょう」

「大事ない」

「いえ、それはいけません。今丁度おみねさんに付き添っていただいています桂千鶴先生は、シーボルト先生から教えを受けたと評判のお医者です」

「分かった、だがおみねの見舞いが先だ。先生におみねの容態を聞いておきたい」

長次郎は頷いた。

間を置かずして、着替えを終えた宗兵衛は二階に臥せるおみねの部屋に長次郎に連れられて向かった。

おみねは、淡い行燈の灯りの中に眠っていた。

そして側には、女の医者と、もう一人白い前掛けをした娘が座っていた。

千鶴とお道である。二人は、長次郎と入って来た男を見て会釈《えしやく》した。

「先生、この人がおみねさんを身請けした宗兵衛さんです」

長次郎が紹介した。

「桂千鶴です」

千鶴は言った。

「千鶴先生は、深川《ふかがわ》の金子屋におみねさんが臥せっていた時、往診してくれた事があるようです」

長次郎が、千鶴とおみねの関わりを話すと、宗兵衛は大きく頷いて、おみねの枕もとに座った。

じっと眠っているおみねを見詰めて呟いた。

「ずいぶんやつれたものだ……」

「おみねさんは感謝しておりましたよ。早く宗兵衛さんに会いたい、会ってお礼をいわなくてはと言っていたのですが……」

千鶴が告げた。

「先生、容態はいかがでしょうか……」

眉をひそめて宗兵衛は千鶴を見た。

「そうですね、深川の金子屋にいた時から比べると良くありません。でも、こうして助けていただいたんです。もう体を酷使することはありませんから、養生に専念すれば、病気を撃退することだって可能だと思います」

「そうですか……先生、どんな高い薬を使っても結構です。どうかおみねさんを元気にしてやって下さい」

宗兵衛が言ったその時、

「先生……」

眠っていたおみねが目を開けた。

「良かったこと、おみねさん、宗兵衛さんですよ」

千鶴が、宗兵衛の方におみねの視線を促した。

おみねは、ゆっくりと顔を宗兵衛の方に傾けた。

「旦那さま……！」

宗兵衛の顔をとらえたおみねは仰天《ぎょうてん》した顔で叫んだ。そして起き上がろうとして激しい咳に襲われた。

「無理をしないで……」

お道が、おみねの背をさする。

おみねは背中を波うたせ咳き込みながらも、

「あたし、ここを出て行きます。こ、この人にお世話になりたくありません！」

宗兵衛を、憎しみの目で睨んだのだ。

「何を言ってるの、おみねさん。あなたは、ここを出てどうしようというのですか」

千鶴が叱った。だがおみねは、

「先生、この人は、先生にお話しした、あの浜菊の旦那です。私を泥棒扱いにして店から追い出した儀兵衛という旦那です！」

咳き込んだあとの苦しげな息を吐きながら、おみねは宗兵衛を指さした。

「！……」

千鶴は、驚いて宗兵衛を見た。

「おみね、すまなかった、許しておくれ」

宗兵衛は深々と頭を下げたが、おみねはその言葉を無視するかのように立ち上がろうと膝を立てた。だが、立ち上がったと思いきや、ぐらりとよろめいて、また布団の上に膝をついた。

悔しそうに顔を歪めている。そのおみねに、千鶴は言った。

「おみねさん、あなたの体は、そんな無茶が出来るような状態ではありませんよ」

「でも先生、このお人は……この人は、私に濡《ぬ》れ衣《ぎぬ》を着せて、お店を守ったんですよ。先生、あたしはそのために、そのために……」

儀兵衛と呼ばれた宗兵衛は、身じろぎもせず、おみねの恨み言を受け止めている。

「おみねさん……」

千鶴は、はらはらして、おみねを制した。だが、その手を振り払っておみねは続けた。

「宗兵衛さん、なんていう名は嘘っぱち。この人の名は、儀兵衛、儀兵衛というのが本当の名前ですよ」

「すまない、名前を変えたのはおまえを身請けするためやったんや。儀兵衛と名乗れば端《はな》からおまえは断るかもしれへん。それで宗兵衛と名乗ったんや。長次郎さんにも事情を話して協力してもらったんや。おみね、わしはな、せめてあの時の償《つぐな》いをさせてほしい、そう思たんや……悪気はあらへん」

宗兵衛だと名乗っていた儀兵衛は、おみねをなだめるように言った。

だがおみねは、儀兵衛の言葉を遮《さえぎ》るように叫んだ。

「いらぬことです。そんな事なら、岡場所で死んだ方がまだましでした」

「おみねさん」

千鶴は、おみねの手を強い力で握った。

「おやめなさい！……あなたの気持ちは分からない訳ではありませんが、そんなに興奮しては体に障《さわ》ります。今はしっかり養生することが大事、あなたは儀兵衛さんを怨んでいるのでしょうが、その儀兵衛さんが、どんな手だてをつくしても病気を治してやってほしいと言ってくれているんですよ。今は、儀兵衛さんの手を借りるのが一番……だって大坂にいる弟さんをどうしますか……あなたがここを飛び出して野垂れ死にしたら、弟さんはどうなるのですか」

「……」

「確かにおみねさんは、儀兵衛さんにひどい目にあわされた、でもね、こうしてあなたを助けようとしてくれている。ここに及んで昔の恨みを叫ぶより、儀兵衛さんの手を借りて、健康を取り戻すことが先ではありませんか」

「……」

おみねは悔しそうな目で畳を睨んでいる。

「儀兵衛さんは弟さんへの仕送りもきちんとします、そう言ってくれているのですよ。儀兵衛さんが本当に悪人なら、いまさらあなたを助けようなんて思うでしょうか」

「……」

「おみねさん、千鶴先生のおっしゃる通りだ。病気を治して元気になれば、おみねさんがどう生きようと、儀兵衛さんは何にも言わないと思いますよ」

長次郎は言って儀兵衛の顔を見る。

儀兵衛は、じっとおみねを見守っている。

しばらく部屋には沈黙が続いた。

やがて、おみねの目から涙がこぼれ出る。

おみねは嗚咽《おえつ》を漏らして肩を震わせた。

千鶴はそのおみねの背中をさすりながら、

「元気になって、今まで苦労をしてきた分、幸せにならなくては……」

「うっ……」

その時だった。儀兵衛が顔を歪めて畳に手をついたのだ。

「先生、儀兵衛さんは怪我をしているんです」

長次郎が叫んだ。

「怪我を……」

千鶴は儀兵衛の側に歩むと、長次郎が示した肩を見た。

「これは……」

急いで儀兵衛の着物を剝《は》いだ。

「刀傷ではありませんか！」

千鶴は、荒い息をしている儀兵衛の顔を覗いて訊いた。

儀兵衛は顔を歪めながら頷いた。

「先生……」

お道が千鶴に頷いた。

外科の治療一式持参していますという合図だった。

「長次郎さん、消毒の焼酎《しょうちゅう》を用意して下さい。それから熱い湯も沸かして下さいね。灯りも明るくして下さい」

てきぱきとお道が長次郎に言いつけると、

「それから油紙もありましたら……縫合《ほうごう》します」

千鶴が言った。

長次郎とおまさが部屋をばたばたと出て行くと、おみねは予期せぬ騒ぎに息を殺し、儀兵衛が痛みに耐えている姿を心配そうな顔で見詰めた。

「さあ、これでもう大丈夫ですよ」

儀兵衛の肩口の傷を縫った千鶴は、最後のひと針の糸をぱちりと切った。

見守っていた長次郎もほっとした顔で、控えているおまさと頷きあった。

「ただ、抜糸をするまでは無理に動かしてはいけません。これは守って下さいね」

千鶴は金盥《かなだらい》で手を洗うと、おまさが捧げた手拭きを取った。

「おおきに、ありがとうございました」

儀兵衛は、はっきりとした声で言った。まだ青い顔をしているが、顔には安堵の色が広がっている。

「あと五分、深手を負っていたらこんなことではすみませんでしたよ。相手は、お侍ですね」

千鶴はつい、問い詰める口調になった。

儀兵衛は、ふっと自嘲した笑みを浮かべると、

「罰《ばち》が当たったんでございますよ、私を斬ったお武家は、大坂に暮らしていた時に因縁があった人です。この江戸でまた会うとは……」

「まさか、その人、矢崎金五郎というのではないでしょうね」

「先生……！」

千鶴の言葉に、儀兵衛は驚いた。

「先生は矢崎をご存じですか」

「ええ、知っています。それにおみねさんからも矢崎という人にかかわったばっかりに酷《ひど》い目にあったと、話を聞いておりましたから」

「さようです。おみねには申し訳なかったが、矢崎はあの時、私を脅したのです。お前の出方によっては、この店を潰すのは訳はないぞと……」

「どこまで悪人なのかしら」

お道が、思わず声を上げた。

「それで私は、矢崎に銀五枚を謝罪金として渡しました。ですが、それでも納得しなかった。矢崎は、私におみねを追い出すように迫ったのです。それで私は、店を守るために、おみねを追い出してしまいました……」

千鶴は頷いた。儀兵衛のいうことに頷けた。あの男なら、それぐらいの事はやりかねないだろうと思った。

ただ一つ疑問が残った。

だから斬りつけられるというのは納得がいかない。

「矢崎金五郎とこの江戸で、また何か厄介なことがあったのですか」

千鶴は聞いた。

「……」

虚を突かれたように儀兵衛は言葉を失ったが、やがて観念したように言葉を継いだ。

「先生は盗賊のことなど興味もなければご存じないかもしれまへんが、この江戸では近頃、瀬田の徳蔵という盗賊が急ぎ働きを始めました……」

「聞いています。押し入った商家の者を皆殺しにして盗みを働いているらしいですね」

「私は、その徳蔵の住処《すみか》を探していたのでございます」

「儀兵衛さんが何故……」

儀兵衛は一拍言葉を呑んだが、すぐに観念したような苦笑を浮かべて、

「徳蔵は、昔の仲間でした」

「昔の仲間……」

千鶴は口走って、お道と顔を見合わせた。

徳蔵は上方から流れて来た盗人と聞いている。

その徳蔵と盗人仲間だというのかと絶句した。

長次郎も驚いているところを見ると、儀兵衛の昔については知らなかったということか。

「私も昔は盗人稼業で糊口《ここう》をしのいでいたことがございまして……」

儀兵衛は、膝を直して一呼吸つくと語り始めた。

「随分昔の話でございまして、浜菊の店を始める前のことですが、京大坂で一家を構えておつとめをしていた三条《さんじょう》の捨麻呂《すてまろ》という盗賊のお頭がおりましたが、私はその配下の者でございました。徳蔵も同じように配下の者だったのです」

「三条の捨麻呂……」

千鶴は思わず呟いた。

「はい、三条家に繋がる外腹の倅だというのが捨麻呂お頭の口癖でしたが、真相はわかりません。母親は遊《あそ》び女《め》だったようですから、本当に公家《くげ》の血をひいているのか定かではございませんでしたが、ただ、どこか公家の匂いのする温厚な人柄で、盗みの三ヵ条はきちっと守る方でした……」

盗みの三ヵ条とは、盗人に入られて困るような貧しい家には押し入らないこと、押し入った家の者たちを殺さないこと、盗みのついでに女を犯さないことを言う。

ところが徳蔵は、ある日掟《おきて》を破ったのだ。

押し入った商家で、押し込みを知らせようとした奉公人の胸を刺し、殺してしまったのだ。

激怒した捨麻呂は、即刻徳蔵を追放したのだった。

捨麻呂はその三年後に流行病で亡くなったが、手下五人に遺言を残した。

「皆、よいか……わしが死んだら、この先はまっとうに暮らせ。四条の高倉《たかくら》にある、わしの母親が暮らしていた家を売れば、お前たちがしばらく暮らせる金は出来る筈だ。金は均等に分け、その金でまっとうに暮らしが成り立つ商いでもするがよかろう」

世をすねて裏道で暮らして来た捨麻呂が、最後は手下たちに陽の当たる道を歩くように命じたのだった。

儀兵衛はその時、徳蔵についても遺言された。

「盗人の世界から足を洗うように伝えてくれ」

捨麻呂は、破門した手下のことまで心を痛めていたのだった。

「私はその金で、大坂で料理屋を始めました。盗人稼業をしながら板前の修業もしていたのが役にたちました。そういう事情がありましたから、忘れ物の一件は矢崎が因縁をつけているのだと分かっていても、矢崎に昔の事を詮索《せんさく》されやしないかと恐れて、金を渡し、おみねを追い出したのです。ですがずっと悔やんでおりました」

儀兵衛は言い、おまさが煎じてくれた薬を、顔を歪めて口に含んだ。

「おみねを店から出して三年ほどが過ぎたころです……」

ぐっと薬を飲み干すと、湯呑茶碗を置いて儀兵衛は話を継いだ。

「徳蔵が、ひょっこり店にやってきたのです」

「……」

千鶴は、頷いた。その眼はずっと儀兵衛の表情の変化を注視している。

「私は驚きました。親方が亡くなってから、随分徳蔵を探したのですが、ぷっつり消息を絶っていたからです……」

ところがその徳蔵から、儀兵衛は急ぎ働きを誘われたのだ。

むろん儀兵衛は断った。お頭捨麻呂の遺言も伝えてやった。だが、

「そうかい、断るのかい……そういう事なら、おめえがやっているこの店は、盗みで稼いだ金でやってるんだとお上に訴えるぜ。俺はさるお人と懇意なんだ。そんな訴えをした日にゃあ、おめえ、すぐに手が後ろにまわるが、それでもいいのかい」

徳蔵に脅された儀兵衛は、その時は渋々承諾したのだった。

儀兵衛には考えがあった。

徳蔵はきっとお頭の言うことなど聞く筈がない。しかもここを嗅ぎ付けた以上、今後もたびたび訪ねてきて、脅して無心を繰り返すに違いない。

あんなに徳蔵のことを案じて亡くなったお頭のためにも、また自分がこの先まっとうな暮らしを続けていくためにも、よほどの荒療治をしなければなるまい。

考えあぐねた儀兵衛は、徳蔵が現れるのを待って林の中におびき出し、徳蔵に盗人稼業から足を洗うように厳しく諭《さと》した。

だが徳蔵が聞き入れる筈がない。

二人は言い争いになり、ついには徳蔵が匕首を取り出した。

儀兵衛は徳蔵の刃を躱《かわ》しているうちに、

――殺《や》るか殺られるか……。

どちらかだと、必死で不意をついて徳蔵の足をすくった。

徳蔵は腹を下にして転倒した。その背中に覆《おお》いかぶさろうとした儀兵衛は、徳蔵がぐったりしているのに気付いたのだ。

「徳蔵！」

儀兵衛は徳蔵の背に手を掛けた。

「あっ……」

徳蔵の腹のあたりに匕首が刺さっているのが見えた。

「徳蔵……」

儀兵衛が徳蔵を抱き起こそうとしたその時、誰かが近づいてくる声が聞こえた。

――見つかれば下手人《げしゅにん》にされる。

咄嗟にそう思った儀兵衛は、慌てて逃げたのだった。

店に逃げ戻ると、女房に人を殺したと告白し、この店はお前にやる、俺は江戸に逃げる、そう言い残して江戸にやって来たのだった。

「そういうことです……」

儀兵衛は語り終えると、今度はしみじみとした口調で話した。

「江戸に出て来たある日のことです。私は深川の岡場所に大坂の女がいると聞きました。いろいろ手をつくして調べましてね、それがおみねらしいと分かりまして……私はなんとしてでも助けてやりたいと思ったのです。いまさら罪の償いもないんですが、せめて、いま自分が出来ることで、おみねを助けてやりたい……それで長次郎さんに協力してもらったという訳です」

儀兵衛は、長次郎をちらと見た。

長次郎は深く頷いている。

「ところがです……」

儀兵衛は、更に話を続けた。

「この江戸で徳蔵が急ぎ働きを始めたことを知りました。奴は生きていたのかと驚きましたが、この眼でしかと見定めたいと思ったんです。徳蔵が生きていれば、私は人殺しで追われることはない。また大坂に帰れます。それでさるつてを頼って向嶋に行ってみたんです。そして向嶋の別荘に、かつて連絡役で使っていた男を見つけて声を掛けた。徳蔵の居場所を問い詰めるつもりだったんです。ところがなんと、そこにあの矢崎がやって来て、徳蔵の名を出すや、刀で斬りつけてきた、そういうことです」

千鶴は頷いた。

――矢崎は、盗人たちとつるんでいる……。

と千鶴は思った。

儀兵衛は、千鶴の疑念を察したように説明を加えた。

「矢崎は、別荘はわたしの持ち物、誰に別荘を貸そうと、とやかく言われる筋合いはない、そんなふうな事を言っておりましたが、私のこれは勘ですが、徳蔵となんらかの関わりがあるのではないかと考えています。しかしあと一歩のところでこういうことになりまして……」

儀兵衛は無念の表情で千鶴を見た。

七

「驚いた、じゃあ儀兵衛さんが矢崎に斬られた現場にいたのは、浦島さまと猫八さんだったのですね」

千鶴は呆れた顔で縁側に腰掛けている猫八を見た。

「へい、そういう訳なんです。浦島の旦那はあの通りですから、腰が引けちゃって、足は震えて……」

猫八は先だっての向嶋の一件を、千鶴と求馬に話し、流石にその失態を恥じているのか頭の後ろを掻いて取り繕《つくろ》った。

「結局、なあんにも聞き出すことも調べることも出来なかったっていう訳ですね」

お道が、新しいお茶を運んできて、ふふんと笑った。

「お道っちゃん、どうしていつも、そんなにグサッと来るようなことを言うの、お嫁にいけないよ」

「だって本当のことじゃない。浦島さまは熱出して寝ているっていうことだし、それじゃいつまでたっても定町廻りにはなれないでしょう……心配してあげてるんじゃない、ねえ、先生」

お道は千鶴に振った。

「確かに、お道っちゃんのいう通りかもしれねえ……でもね、あと一歩だったんですぜ。しかも、あっしの呼び笛がなかったら、あの男は殺されていたにちげえねえんだ」

「はいはい、あと一歩ね」

「それにしても、あの斬られた男の傷の手当てを先生がなさっていたなんて……それで先生、命に別状はないんですね」

猫八は、お道が入れ替えてくれているお茶を、ちらと見て言った。

「ええ、それは……」

「そりゃあ良かった。ですが、その儀兵衛という人が、矢崎とどういう関係なのか……」

猫八は首を捻った。

儀兵衛と矢崎のやりとりを、浦島と猫八は聞いてはいないのだ。

ただ、二人が浅からぬ間柄で、しかもその間柄が憎しみを伴うもののようだったと、それは分かっている。

「千鶴先生、何か聞いてますか……何故いきなり斬られたのか……」

不審の顔を千鶴に向けた。

「私が聞いたところでは、儀兵衛さんは矢崎という人と大坂でひと悶着あったようです」

千鶴は、儀兵衛と矢崎の関わりについて、掻い摘んで話した。

ただしその話の中では、儀兵衛が大昔に上方で盗人稼業をしていたことは告げなかった。

「求馬さまの前でなんでございますが、矢崎って人は大番衆を笠に着て町人をいじめておりやす。まったく我慢がならねえお侍です。あっしはね、きっとあの男がぐうの音もでねえような悪の証拠をつかんでみせますよ」

猫八は、そういうと立ち上がった。

「猫八、矢崎の実家だが、日本橋の呉服問屋『岩田屋《いわたや》』だったな」

じっと聞いていた求馬が、組んでいた腕を解いて訊いた。

「へい、さようです。岩田屋も本店は京にある大店で、伊勢屋や白木屋《しろきや》に肩を並べようとして、そうとうあくどい商いをして大きくなったと聞いておりやす。塀の上を歩くようなぎりぎりの手をつかって同業者を追い落としてきています。親が親ですから倅も倅で、二本差しをちらつかせて町人を困らせているんです」

求馬は頷き、

「猫八、大番衆だからと言って悪に手を染めていいはずはない。お前の言う通りだ。だがな、気をつけろ、見境のない奴だけに、何をするか分からんぞ」

「分かっておりやす。では、あっしはこれで……」

猫八は身をひるがえして帰って行った。

「捨ておけぬな」

求馬は呟いた。厳しい口ぶりだった。

「矢崎については、俺も少し調べてみたのだが、奴は大坂在番を終えて帰ってきた時、謹慎を言い渡されている」

「まあ……では儀兵衛さんのお店の一件で……」

「いや、大坂にいた折に南蛮《なんばん》渡りの壺《つぼ》を売ろうとしたらしいのだ。それも懇意にしていた女郎屋の女をつかってな。それが抜け荷の品だったことから一度は厳しく取り調べられたようだ」

「でも、その追及を逃れた」

「その通りだ。矢崎はこう言いのがれたそうだ。町で見知らぬ者に売りつけられた。それで、処分に困って女郎に取り次ぎを頼んだとな」

千鶴は小さく頷く。

「だがこの一件は、江戸に戻ってから再吟味となった。そして、三ヶ月の禁足謹慎を申し渡されたのだ」

「よくそれで、養子縁組が破談にならないものですね。矢崎家の養父母とも亡くなっているのですか」

「いや、健在だ。二人とも矢崎金五郎の実家『岩田屋』からたっぷり暮らし向きの金を出してもらって深川の別宅で隠居暮らしをしておる。そういう事情だからして養子に意見をするどころか、頭があがらないようだな」

「……」

「ああいう輩《やから》は捨て置けん。幕臣として許せぬ奴だ」

求馬の口調は険しい。

「でも、求馬さま。求馬さまは昔とは御身分が違います。今は大番衆を拝命した御身《おんみ》、矢崎に関わったばっかりに、また無役になるような事があっては……」

「不正を質して職を取り上げるというのなら、甘んじて受けようじゃないか」

「求馬さま」

苦笑して求馬を見た目は、誇らしい者を見る色と不安が入り混じっている。

「なあに、案ずることはない。万が一そうなったら、こちらで手伝わせてもらおうか」

晴れやかに笑った。

「求馬さま、賛成です。私たちは大歓迎です」

お道が胸の前で手を叩いてみせた。

「お熱は下がりましたね。咳もおさまっているようですから、もうひといきですね」

千鶴は、おみねの舌を診たのち、脈をとり、拡大鏡でおみねの目を入念に観察した。

おみねの目の症状は、いわゆる青そこひ（緑内障）ではないかと思われた。

昨夜千鶴は、師のシーボルトが江戸に参府した折に、眼病について今いちど教えを乞うたが、その時に記録していた綴《つづ》りを読んだ。

日本に多い眼病は、白そこひ（白内障）と青そこひで、物貰《ものもら》いなどほかの眼病も入れると、江戸に住む人々の十人に一人が眼病にかかっていると言われている。

この眼病のうち、シーボルトは白そこひの手術を弟子たちや、それを乞う眼科医に伝授してくれたが、実際に手術したという話は、まだそう多くはない。

白そこひは、日本で採取できる『はしりどころ（走野老）』という薬草を使って瞳孔《どうこう》を開き、それで手術をするのだが、おみねは青そこひのようだ。

それも、おみねの訴える症状から考えられるのは、血の道が滞《とどこお》る、つまり瘀《お》血《けつ》によるものではないかと千鶴は思った。

「先生、私の目、見えなくなるのでしょうか」

千鶴が診察を終えると、おみねは訊いた。千鶴に向けた瞳には不安な色が揺れている。

「そうならないように、しっかりお薬を飲んで下さい。食事も滋養のあるものを食べて下さい。そうすれば、これ以上病状がすすむことはまずないと思います」

千鶴はそういうと、控えているお道に、

「補陽環五湯《ほようかんごとう》でまずは試してみましょう」

走り書きするお道の手元を見て言った。

「先生……」

おみねは膝を直して千鶴を呼んだ。おみねは苦しげな表情をしている。

「何か心配なことでもありますか」

「先生あたし、儀兵衛さんにひどいこと言ってしまいました。こんな体になったあたしを身請けしてくれたのに、あたし、儀兵衛さんに八つ当たりして……」

「儀兵衛さんは、そんなこと気にはしていませんよ」

「でも、儀兵衛さん、昨日出かけて行ったっきり、帰ってこないんです。あたしがあんなこと言ったから……」

千鶴は驚いた顔でおみねを見た。

儀兵衛の傷の抜糸には、あと二、三日が必要だ。あれほど動かしてはいけない、安静にするように注意していたのに……苛立たしい思いでため息をついたその時、

「ごめんください」

長次郎が入って来た。

「先生、たった今、托鉢坊主《たくはつぼうず》がこれを持ってきたんですが」

長次郎は険しい顔で千鶴の前に一枚の紙を置いた。

「これは……」

取り上げて読んだ千鶴は驚いた。

それは、僅《わず》か二行の手紙だったが、紛《まぎ》れも無く儀兵衛からの報《しら》せだった。

盗人宿に人質あり、名は清治。

通報頼む　　儀兵衛

――儀兵衛は向嶋に行っていたのか……。

千鶴は愕然《がくぜん》とした。すると、

「お坊さんには下で待ってもらっているのですが……」

長次郎のその言葉に、千鶴は手紙を摑んで階下に降りた。

「この手紙、どこで頼まれましたか」

血相を変えて訊いた千鶴に、托鉢坊主は、

「向嶋です。瓦町に使わなくなった瓦職人の小屋があるんですが、その近くを通りかかった時に託されました。でもその人は、まもなく小屋から出て来た人に見つかりまして捕まってしまいました」

「捕まった……」

千鶴は吃驚《びっくり》した声を上げた。

清治がとらえられていることは手紙で分かったが、その上に儀兵衛までも捕まったというのか。

「私も恐ろしい形相《ぎょうそう》の男たちに追いかけられましたが、なんとか逃れてここにたどり着きました。あの様子では、あのお人も、今頃どうなっていることやら、案じられます」

托鉢僧はそう言って片手を上げて念仏を唱える。

階段をきしませて、おみねが下りてきた。

「おみねさん……」

「千鶴先生、儀兵衛さんに何かあったんですね……そうですね」

不安な表情でおみねは訊いた。

千鶴は反射的に部屋に引き返した。

往診箱から筆と紙を取り出すと、儀兵衛や猫八から聞いていた、中之郷瓦町の盗人宿の所、三囲神社の近くにある別荘の所を記し、別荘には盗賊の頭が隠棲《いんせい》しているらしいこと、またその別荘の持ち主が大番衆矢崎金五郎だということまで記すと、その紙を摑んで階下に降りた。

「お道っちゃん、急いで求馬さまに報せて頂戴。今日はお勤めの筈ですが、もうすぐ帰宅される筈です。それから長次郎さん、長次郎さんは、この手紙を火付盗賊改の板倉さまのお屋敷に届けて下さい。私はこれから一足先に向嶋に行ってみます」

「それは危ない。先生一人でどうしようというのですか」

長次郎は即座にそう言った。だが千鶴は、

「じっとしてはいられません。長次郎さん、こちらの若い衆をお貸しください。これから私と向嶋に行っていただきたいのです」

「しかし先生……」

「危ない真似は致しません。若い衆には、いざという時の連絡役をお願いしたいのです。ですからどうぞ御安心下さい」

「分かりました。ではこうしましょう。舟で、猪牙船《ちょきぶね》で行って下さい。手配します」

長次郎は急いで奥に大声を掛けた。

「直次郎《なおじろう》、出て来てくれ！」

八

まもなく千鶴は、直次郎という高田屋の若い衆が操る猪牙船で向嶋に向かった。

千鶴の手には、托鉢僧が書いてくれた小屋近辺の絵図がある。

頃は七ツ、中秋の隅田川は落ち着いた深い緑に染められていて、行き来する物見遊山の屋根船も、夏の賑やかな様子とはうってかわって静かに滑って行く。

しかし千鶴はそれらに目もくれなかった。高まる緊張を胸に、前をまっすぐ睨んで座っている。

直次郎が漕ぐ舟に当たる川の水の音を耳朶《じだ》にとらえながら、千鶴の頭の中は、弟思いのおみねのこれまでの人生に思いを馳《は》せ、また儀兵衛がこれまでに背負ってきた重い荷物に同情し、そして、盗人の巣窟《そうくつ》に捕まっているという清治の一途《いちず》な気持ちに、心を熱くしていた。

危ない真似はもう止《よ》すんだ。千鶴は求馬に言われている。だが、患者や親しい人が直面した危機を、黙って見ていることは出来ないのだ。

高まる緊張を抑えるように強い呼吸をしたその時、

「先生、先ほどお渡ししたものを食べてみて下さい」

突然直次郎が大きな声を掛けてきた。

「先ほど……ああ」

千鶴は思い出した。

舟に乗る間際に、直次郎が紙に包んだものを渡してくれた事を思い出した。気持ちが高ぶって、すぐに胸元に押し込んだが忘れていた。

「お医者さまの先生ならよくご存じだと思いますが、それはニッキ（肉桂）ですよ。ニッキの飴《あめ》です」

千鶴は我に返って胸元から紙の包を取り出した。そして、開けて見た。大豆《だいず》の二倍ほどの丸薬のようなあめ色の塊《かたまり》が二つ入っている。

「ニッキ……」

ひと粒指先で摘み上げた千鶴に、直次郎は言った。

「田舎のおふくろが送ってくるんです。あっしの生まれは土佐《とさ》でございますが、うちの裏の畑の隅にはニッキの木が植わってましてね、おふくろはその根を掘って煮詰めた汁と飴をまぜて、そのニッキ飴をつくります。子供のころから、病気になって食欲がなかったり腹を壊して食欲のない時など、元気がでるから食べてみぃや、そう言いましてね、よく食べさせられたものです。おまじないのようなものかもしれませんが、気持ちがしんどい時にも元気が出るって、あっしは信じて舐めてるんですが……」

千鶴は、微笑んで口に含んだ。

ニッキの香りが口中に広がっていく。

「いかがですか」

直次郎が訊いた。

「ええ、とってもおいしいです」

「良かった。あんまり先生が怖い顔をなさっているもんだから……先生、あっしになんでもいい付けてくださいやし。遠慮なくどうぞ」

「ありがとう、直次郎さん」

千鶴は言った。

直次郎が案じているように、千鶴は一人で出向くことに一抹《いちまつ》の不安が無いわけではない。

ニッキの飴は、千鶴の心を少し解きほぐしてくれたような気がした。

「あっしも昔は悪さをして親を困らせておりやした。それで、あっしに手を焼いたおふくろが、遠縁の長次郎叔父にあっしを預けたんでございやす。そんなつまらねえあっしではございやすが、このところ先生が、女郎にも盗人にも心底寄り添って下さっているところを拝見いたしやして、あっしも、何かひとつでもお役に立つことはねえものかと、そう思っていたところでございやして、お供ができやして嬉しいです。ですから先生、ほんとになんでも申し付けて下さいやし」

直次郎はそういうと、一層力を込めて猪牙船を漕ぎ始めた。

それきり直次郎が話しかけることはなかったが、千鶴は思いがけず力強い助っ人を得た気持ちになっていた。

やがて直次郎は、猪牙船を源森川に入ったところで停めた。

「小屋は半町ほど先にある筈です。もう少し近くまで行きますか？」

「いえ、ここから歩きましょう。その方が気づかれずに済みますからね」

千鶴は、直次郎を従えて瓦町の通りを東に向かった。

この通りを挟んで北側の河岸地が瓦焼き場となっている。

既に瓦作りを止めた窯《かま》もあるようだが、煙の上っている窯もある。

その小屋のひとつひとつを確かめるように見て歩きながら、盗人宿に使えそうな人気《ひとけ》の絶えた窯場を探した。

「先生……」

直次郎が立ち止まった。その視線は、十四、五間先の小屋に向けられている。

その小屋に今、うさん臭そうな男が二人、入って行くところだった。

「まずはあそこに……」

千鶴は直次郎を促して、土手に積み上げられた材木の後ろに腰を落とした。

だがすぐに、千鶴は近くの踏みしめられた草むらの中に、何かが落ちているのに気づいた。

手を伸ばして、それを摑んでたぐりよせる。

「煙草入れじゃありませんか……」

手に取って呟いた。

「先生、その煙草入れは、儀兵衛さんのものですよ」

直次郎が言った。

「儀兵衛さんの……」

千鶴は煙草入れを手に、険しい目で小屋を見た。

その儀兵衛は、小屋の中で清治と二人、後ろ手にしばられて柱に括《くく》り付けられていた。

儀兵衛は肩口をまだ包帯で巻いているが、その包帯は血で染まり、着物にまで滲《にじ》んでいる。しかも黒ずんだ頰に髪がすだれのように落ち、はだけた胸には打撲の跡が赤黒く盛り上がっている。

儀兵衛と肩を並べるようにして繫がれている清治の方も、目の周りは青黒く膨れ上がり血が滲み、唇は切れて血が流れ落ちた跡がある。おまけに着物は袖が千切れ、前ははだけたままのあわれな姿で、髻《もとどり》も解けたざんばら髪で、まるで戦《いくさ》場《ば》から這い出して来た敗残兵のようだ。

二人とも余程の暴行を受けたらしいことは語らずとも明白だった。

二人は、精根つきた表情で首を垂れて目をつむって動かない。

ところがその二人とは対照的に、生気漲《みなぎ》る人相の良くない男たちが七、八人、仕切りひとつを置いた隣の板の間に集まっていた。

頭目は五十がらみの眉の濃い男で、皆が座るのを待って空《あ》き樽《だる》の上に腰を据えた。そして皆の顔を頼もしそうに見渡した。

「皆、揃ったな」

「へい」

一斉に男たちが力強く返事をする。

「よし、これから今夜の段取りを話す。ええか、聞きもらさぬように、耳をかっぽじってよおく聞いてくれ」

「へい」

男たちがまた唱和した。

「まず、今夜の仕事や……深川の油問屋、栄屋《さかえや》を襲うことにした。栄屋は明日大坂に向かう船に油買い付けの金を積み込むつもりらしい。その金を狙うんや」

眉の濃い男は、どこかに遊びにでも行くかのような口ぶりだった。

「お頭、商いの金は手形というのが相場だ。栄屋は生で取引ってえのは間違いねえんですかい」

丸顔の男が訊く。

「間違いねえよ。おい、風太郎、おめえ、説明してやれ」

名指しされたのは、あの風太郎という男だった。

風太郎は立ち上がって仲間の顔を見渡すと、

「俺が集めてきた話やけどな。栄屋の親父は昔気質《むかしかたぎ》の頑固もんで、生の金やないと信用しねえ質《たち》らしい。そやから取引はすべて生の金や。手形やないんや。そういう訳でな。大坂に買い付けに向かう時には毎回千両箱を用意するっていう話なんや。店の者に馳走して、ちゃんと裏もとってある。間違いねえ」

風太郎の説明に、皆納得した顔で頷いた。

「よし、そういうことや。夜までに腹ごしらえをして、抜かりのないようにしておくんや」

「へい」

「それと、もう一つ。今夜の仕事が終わったら、この江戸を立ち退《の》く」

「お頭！」

皆の顔に動揺が走った。互いに顔を見合わせているところをみると、寝耳に水、いきなり聞いた話らしい。

その時だった。

首を垂れ、身動きひとつしなかった儀兵衛の目が、かっと見開いた。

儀兵衛は首を垂れたまま、盗人たちの話に耳をそばだてていたのだ。

険しく探るような儀兵衛の耳に、眉の濃い頭の声が聞こえてくる。

「おめえたちには黙っていたんやが、俺たちのことを嗅ぎ付けた奴がいる。そこの儀兵衛とは別にな、矢崎さまがそうおっしゃっている。そこでここはしばらく、そういう事になったんや。上方に身を隠すほかない。そのためにも、当面遊んで暮らせるだけの金がいる。失敗はゆるされねえ。邪魔をする者は殺せ。何がなんでも金を盗る、それに専念してくれ。ええな」

「徳蔵のお頭……」

風太郎が手を上げた。

徳蔵のお頭とは、儀兵衛がその生死を確かめんとして、この小屋にはりつくことになった、あの瀬田の徳蔵である。

「どうしますか……」

風太郎は、ちらと険しい視線を儀兵衛たちに投げて徳蔵にお伺いを立てる。

徳蔵は、ふっと冷たく笑うと、

「お前たちに任せる。わしは一度宿に戻って夕刻には船を用意してまたここにお前たちを迎えに来る。それまでに始末しておけ」

「承知しやした」

「いいか、二度とここには戻ることはない。だからそのつもりでな。何か聞きたいことがあれば聞いておこう……」

徳蔵は皆を見渡した。

「お頭……」

誰かが手を上げたようだ。

そこまで聞いて、儀兵衛は清治の体を肘《ひじ》で小突いた。

「うっ……」

清治が顔を歪めて目を開ける。

「しっ」

儀兵衛は、清治の耳元に口をつけて言った。

「いいか、おまえだけはここから逃げるんや。分かってるな」

「無理だよ、どうやって逃げろというんだ。殺されるに決まってる」

清治はもう諦め顔だ。

「馬鹿、信じろ。人間はな、そんなに簡単に死ぬもんか」

「年貢の納め時です。どうかあっしがここで死んだら、火付盗賊改の板倉さまに、清治は死んだと知らせていただけませんか」

「火盗改の板倉さまだと……」

儀兵衛は驚いた。

「するとおまえは、火盗改の手先か」

「はい。盗人宿を探していたんです。それでやっとここを見つけたと思ったら捕まったんです」

儀兵衛は絶句した。まさか清治が火盗改の手先だったとは考えてもいなかったのだ。

「白状します。何を隠そう、あっしは昔泥棒でした。鼠小僧と言いたいところですが、鼠まがいといいましょうか。ところが深手を負いまして担ぎ込まれた千鶴先生の診療所で、しばらく居候していたんです」

「何だと……お前、千鶴先生を知っているのか」

「知ってるも何も、あの診療所を宿にして、二、三回盗みを……」

「!……」

　儀兵衛は、何を言ってるんだこの男は、というような目で見詰めた。

「いえ、それで火盗改に捕まったんでございます。でも、千鶴先生の口添えと、板倉さまの温情で命を助けていただきやして……」

　儀兵衛は呆れて清治を見た。

　だが、考えてみれば自分も似たようなものだ。千鶴に助けられてここにいる、と思った。

　ここに再びやって来て、今江戸を荒らしている盗賊の頭が瀬田の徳蔵だということを確かめることは出来た。

　ただ、これで二人ともくたばったら、瀬田の徳蔵をのさばらせることになる。

「おまえが火盗改の板倉さまの手先なら好都合だ。あ奴たちを生かしておいてはいかんのや。ここを逃れて、奴らの息の根を止めろ。何、お前を逃がす策はある」

後ろ手に縛られている腕を儀兵衛は、ぐいと捩じった。なんと儀兵衛の手首に巻きつけられている縄は、あとひとひねりで抜けそうだった。

儀兵衛の言葉は清治の心根に届いたようだ。俄かに頬を上気させて、清治は儀兵衛に頷いた。

「へっへっ、何を相談してるんだ……儀兵衛さんよ」

その時だった。儀兵衛の前に瀬田の徳蔵が突っ立った。

「ここそこ相談してももう遅いんじゃないか。二人とも間もなくお終いなんやで……」

徳蔵は、いたぶる目で笑った。

儀兵衛は、顔を上げて徳蔵をきっと睨むと、

「ふん、それはこっちでいう台詞《せりふ》やな、瀬田の徳蔵……お前はこの江戸から生きては帰れへんで。わしが保証する」

「うるせえ！」

徳蔵は、いきなりしゃがみこんで儀兵衛の頬を張った。

儀兵衛の口から血が飛んだ。

だが儀兵衛は怯《ひる》まなかった。

「お前は、お頭の三条の捨麻呂の教えを無視して、押し込み三ヵ条を守らなかった……」

「押し込み三ヵ条……」

清治が驚いて儀兵衛の顔を見た。

儀兵衛は続けた。

「掟を破った者は成敗《せいばい》、ところがそれもおまえは免れた。捨麻呂お頭の温情だったのだ。だがそれをいいことに、いまや凶賊となりはてた。天国にいる三条のお頭も、もうおまえを許すまい」

「ふっふっふ」

徳蔵は冷たく笑うと、

「儀兵衛、盗賊捨麻呂の片腕と呼ばれた男も、焼きが回ったようやな。ほざきたければほざけ、ただし、それも日が暮れるまでのことや」

徳蔵は、儀兵衛の襟首を摑むと、儀兵衛の顔に嚙みつくように言い、睨み据えて立ち上がった。そして、

「いいか、じっくり時間を掛けてやれ。ひといきに殺しちゃあ勿体ねえ」

手下の者たちにそう言い置くと、徳蔵は一人で小屋の外に出て行った。

九

張り込みの場所に求馬が現れたのは、薄闇が源森川や河岸一帯を覆い始めた頃だった。

「遅くなった、すまぬ」

「それで、動きはあったのか」

求馬は、千鶴の側に腰を落とした。

「頭らしき者が半刻ほど前に出てきましたが、それ以上の動きはありません」

「頭というと、瀬田の徳蔵のことか……」

「そうです、それで徳蔵のあとを尾けてもらいました。私をここまで舟で送ってくれた高田屋の直次郎さんて人に」

「瀬田の徳蔵なら、三囲神社近くの矢崎の別荘を隠れ蓑にしていると聞いているが」

「はい。儀兵衛さんの話と猫八さんの話から、矢崎とつるんでいることは間違いないと思っています。いったい矢崎って人は何を考えているのでしょうね」

「馬鹿な奴だ、矢崎はもう、ただではすまぬ筈……」

「とにかく、あの小屋にとらわれている儀兵衛さんと清治さんを助けださなければ……」

千鶴は、きっと小屋を睨み、

「暗くなれば、小屋の中の様子を窺ってみようと思っていたところです」

と言った千鶴が、あっと声を上げて腰を浮かした。

「助けてくれ！……誰か！」

大きな声と共に、男が小屋から走り出て来たのだ。

「清治さん！」

千鶴は叫んだ。

前をはだけ髪を垂らした見るもみじめな男の姿は、なんと清治だったからだ。

千鶴も求馬も、咄嗟に走り出ていた。

「待ちやがれ！」

清治を追っかけて出て来た男たちの前に、二人は清治を庇《かば》うようにして立った。

「先生、求馬さま……」

叫ぶ清治に、

「離れておれ」

求馬は、盗賊たちをきっと見て立った。

「誰だ、てめえは！」

叫ぶ盗賊たちは黒の装束に身を包んでいる。

「そうか、これからお勤めのつもりだったか……だが、そうはいかぬぞ」

求馬は大きく手を広げた。

「こやつからやっちまえ！」

黒装束の男たちは一斉に匕首を抜き放った。

「きゅ、求馬さま、こいつらは、あっしを逃がしてくれた儀兵衛さんを刺したんだ！」

清治が叫ぶ。

「儀兵衛さんが……」

千鶴は咄嗟に小屋の中に走ろうとした。だが、その前に風太郎が立ちふさがった。

「退きなさい！」

「ふっ」

風太郎は笑って匕首を手に腰を落とす。

千鶴は視線の端に棒切れをとらえていた。

睨みあったまま足を棒切れに寄せて行く。あと一息と思ったその時、風太郎が匕首を翳《かざ》して突っ込んで来た。

千鶴は横手に飛んだ。だが着地した右足が石ころを踏んだ。

「千鶴どの！」

求馬の声が飛んで来た時には、千鶴は横転していた。すかさず風太郎が覆いかぶさるように匕首を振り下ろして来た。

刹那《せつな》、千鶴は転がった体を起こすと同時に、棒切れを掴み、風太郎が振り下ろしてきた匕首を、棒切れで打ち払った。

風太郎は体勢を崩してよろけた。求馬が走りこんで来た。次の瞬間、求馬は風太郎の腕をねじ上げていた。

「いてててて、放せ！」

暴れる風太郎を横目に、千鶴は小屋の中に飛び込んだ。

「儀兵衛さん！」

薄暗い部屋を見渡すと、板の間の真ん中で儀兵衛が倒れているのが目にとまった。その儀兵衛に盗賊の一人がしゃがみこみ、儀兵衛の息を確かめている。

千鶴は突進して、その男の背後を棒切れで襲った。だがすんでのところで躱される。

「誰でえ」

盗賊は立ち上がって身構えたが、千鶴の次の踏み込みが早かった。

千鶴は、盗賊の鳩尾《みぞおち》を一撃した。

「うっ」

男は呻《うめ》きながら床に転がった。

「儀兵衛さん……」

千鶴は儀兵衛に走り寄って抱き抱えた。だが、儀兵衛が応えることはなかった。

小屋の外では大勢の人のざわめきが起こっている。

「皆峰うちだ」

求馬の声も聞こえて来た。

火付盗賊改がやって来たのだと思ったその時、

「千鶴先生！」

直次郎が侍と一緒に飛び込んで来た。

「火付盗賊改、板倉さまの配下の者、桂千鶴先生ですね」

侍は千鶴に訊いた。

「おかげさまで一味の頭目、瀬田の徳蔵をお縄にいたしました」

侍は律儀に一礼した。

求馬の腕を借りて清治が足をひき摺りながら入って来た。

「儀兵衛さん！」

清治は求馬の腕から手を放すと、這いずるようにして儀兵衛の遺体の側に行き、儀兵衛の頭を抱えて泣いた。

「儀兵衛さん……すまねえ、すまねえ儀兵衛さん……」

清治の哀哭《あいこく》を、千鶴も求馬も、入って来た火盗の面々も静かに見守った。

儀兵衛の葬儀は高田屋でひっそりと行われた。

高田屋の長次郎、おまさ、直次郎以下店の者たち、それにおみね、千鶴とお道、求馬と清治も手を合わせた。

葬《ほうむ》った先は高田屋の檀那寺《だんなでら》で、それらの費用は長次郎が儀兵衛から預かっていた金で賄《まかな》った。

儀兵衛は高田屋を出て行く時に、いざという時を覚悟していたのか、長次郎に纏《まと》まった金全財産と書付を残していたらしい。

その書付には、いざという時には、自分の始末を頼みたい。また残金は、おみねに渡してやって欲しいと書かれていた。

儀兵衛の葬儀の金や、後に作る墓石代を差し引いても、金は五十五両残ったようだ。

その五十五両は、長次郎の手からおみねに渡され、おみねはその金を胸に抱いて泣いていた。

あれから初七日もすぎ、今日は十五日にもなるだろうか、千鶴はおみねに診療所まで出かけて来るように使いを出している。

先日直次郎が診療所に立ち寄ってくれた時に、おみねが見違えるように元気になったという話をしてくれた事もあるが、今日はおみねに直接話さなければならない事があった。

「お道っちゃん、おみねさんの分も五日分ほど調合しておいて下さい」

お道に言いつけ、帳面に患者の記録を書き付けていたその時、清治が庭の方から入って来た。

「千鶴先生、矢崎が捕まりやした」

「本当ですか」

千鶴は手を止めて清治を見た。

「矢崎という人は瀬田の徳蔵を盗賊と知って別荘を貸していたんです。火付盗賊改では、それを匿っていた事に等しいと裁断しました」

千鶴は大きく頷いていた。おみねの苦労も、儀兵衛がずっとおみねに負い目を感じてきたその原因も、そして儀兵衛が大怪我をしたばかりか、ついには殺されてしまったその事も、全て矢崎のせいだと憤りを感じていた。

「清治さん、矢崎という人は、大坂にいた頃から瀬田の徳蔵とつながりがあったのではありませんか」

「うちの殿さまもそのように考えているようです。本人は今のところシラを切っているようですが、全体を見渡せば分かることだとおっしゃっている。また瀬田の徳蔵が白状するってこともありやすし、まもなく評定所《ひょうじょうしょ》での詮議も始まるそうですから、近いうちにはっきりする。千鶴先生にはそのように伝えてほしいと言われました」

「という事は、矢崎という人は、どのような罰を受けるのでしょうね」

お道が、薬の調合の手を止めて言った。

「さあ、あっしには良く分かりやせんが、与力の旦那衆の話を聞いていますと、良くて甲府《こうふ》に山流し、悪くて御家断絶で八丈島《はちじょうじま》行きじゃないかということです」

「それにしても清治さん、今度のようなドジを踏むのは止めて下さいね。このたびは求馬さまがいて下さって事なきを得ましたが、求馬さまも大御番衆のお役につかれた体です。いつも助けていただけるとは限りませんよ」

お道が言った。

「お道っちゃん」

千鶴が苦笑して制したその時、お竹が入って来て告げた。

「先生、おみねさんが見えましたよ……」

千鶴は頷いて、おみねを診察室に入れるようにお竹に言った。

おみねは、おまさに付き添われて診察室に入って来たが、血色も良く、足取りもしっかりしていた。

「先生、私、この通り、もう昔と変わらないほど元気になりました。ありがとうございます。それで、寒くならないうちに大坂に帰ろうかと思っています。儀兵衛さんから頂いたお金を元手にして小さな商いを始めようかと考えまして……そうすれば、弟と暮らすことが出来ますから……」

おみねの目は、新しい出発を夢見て輝いている。

「おみねさん……」

千鶴はそのおみねの顔をじっと見て言った。

「今日ここに来ていただいたのは、その弟さんの事でお話ししておきたいことがあるからです」

「弟のこと……」

おみねは怪訝《けげん》な顔を向けた。

千鶴は、文机《ふづくえ》の上から一通の手紙を引き寄せて取り上げた。

「これは昨日、大坂から届いた文です。あなたもご存じの圭之助さんからのものですが、この手紙によれば、おみねさんの弟さんは、もう随分前に叔父さんの家から追い出されていたようです」

「弟が追い出された……」

千鶴の言葉に、おみねは絶句して体を強張《こわば》らせた。

「あなたの叔父さんは、弟さんを追い出したことをあなたに告げずに、ずっとあなたから仕送りを受けていたのです」

「……」

「ただね……」

千鶴はおみねに、順を追って話しますから最後まで聞いて下さい、そう言っておみねの手をとって話し始めた。

おみねの弟は貞吉というのだが、叔父の家を追い出されたのち、大坂の堂島《どうじま》にある米会所近くの米問屋『松前屋』に拾われて、全国から集まって来る米俵を入れる蔵の中の掃除を任されていた。

米の出入りは激しくて、一日に何度も蔵の掃除をするのだが、その時に蔵の中にわずかな米だが零《こぼ》れ落ちている。

それは子供の小さな掌の上に載るほどの僅かなものだが、貞吉はそれを拾い集めて埃《ほこり》をとって一合とし、また一升とし、それが何升かに纏まったら、安価な値段で近くの長屋の住人たちに売っていたようだ。

それを見た松前屋の主が、この子は見込みがある、そう言って正式に松前屋の小僧として奉公させることになった。

そしてついには、この江戸店の奉公人として大坂から送り込まれてきたのだというのであった。

「すると、この江戸に……弟の貞吉はいるのですか」

おみねはまたびっくりして千鶴に訊いた。

千鶴は頷いた。

その貞吉こそ、矢崎金五郎に刀が触ったなどと因縁をつけられて脅されていた、あの貞吉だったのだ。

「私も、この手紙を読んだときは、本当に驚きました。まさか、あの小僧さんが、と思ったものです。おみねさん、貞吉さんは医者のお勉強はしていませんが、いまは立派にこの江戸店で頑張っておりますよ」

「先生……」

千鶴の顔を見詰めるおみねの目が潤《うる》む。

「おみねさん、まもなく貞吉さんがここに来ますよ」

千鶴が言った。千鶴は求馬に頼んで松前屋に出向いてもらっていたのである。

「千鶴どの、求馬だ」

玄関の方で求馬の声がした。

千鶴はおみねに頷いた。おみねは反射するように立ち上がった。

そこに求馬と貞吉が入って来た。

「貞吉！」

「姉ちゃん！」

二人は歩み寄った。そして手を取り合うと泣き崩れた。二人に言葉はいらなかった。

千鶴も求馬も、お道も清治も、二人を黙って見守った。

第二話　雪婆《ゆきばんば》

一

「嘘ではありません。あの水には、霊妙な神仏の力があるのです。信じて下さい！」

詰めかけた大勢の老若男女に向かって、女は声を張り上げた。その目が涙で濡れているようにも見える。

この女、両国《りょうごく》南の小奇麗《こぎれい》な茶漬け屋『花井《はない》』の女将《おかみ》でおつるという。

女将は間口三間の戸口を全開し、集まった人たちを迎え入れ、自分は店の床に正座して胸を張った。

自分の言葉に酔いしれたように、女は一見自信に満ちた妖艶《ようえん》な目で人々を見渡したが、見る人が見れば、女の声には不安が潜《ひそ》み、化粧の濃い目もどこか着地する焦点を探しているようで、狼狽《ろうばい》が見てとれた。

女将の言葉と涙目に、人々はひとしきり騒《ざわ》めいた。

だがまもなく互いに顔を見合わせると、再び女将に厳しい目を向けた。次はどんな言葉を発するのかという、疑念に満ちた目の色だ。

人々の中には、ちらちらとよみうり屋の姿も見える。その者たちは、筆と紙を手にして女将の次の言葉を待ち構えている。

「私、ああいう人は苦手です。男は騙《だま》せても女は騙せないですよね、先生……」

人垣の中にいたお道が千鶴に囁《ささや》いた。

千鶴は声こそ上げなかったがお道の意に異論はない。

一見したところ、女将は自分がか弱い女である事を強調している。女を武器にしてしゃべっているのだ。

鼻の下の長い男どもには――茶漬け屋をきりもりしている気丈夫なだけの女将だと思っていたが、目の前の女将はいかにも儚《はかな》げだ――そんな印象を植え付けて同情を誘っているのである。

女の目から見れば、女将の体から発散しているものは、不実なもの以外になく、生まれついたものなのかどうかは分からないが、自分を守るために発言するその言葉のひとつひとつは、集まった人たちの感情に訴えるための方便、真っ赤な嘘に違いなかった。

千鶴がそう思うのには、実は理由があったのだ。

ここ数日たてつづけに千鶴に往診を頼んできた商人三人が三人とも、腹を壊して大変な下痢《げり》が続いている。

千鶴は流行病《はやりやまい》かと心配して往診したのだが、三人が三人とも、家族の体調には変化がなく、共通していたのは、両国の茶漬け屋『花井』の女将から霊験《れいげん》あらたかな水とやらを譲り受けて飲んでいたことだった。

三人のうちの一人で雪駄屋《せったや》の六郎兵衛《ろくろべえ》という人が、まだその水を飲み残していたことから千鶴が確かめたところ、とても清浄な水とは思えない、少し赤茶けた色をしていたのだ。

嗅いでみると、金気のまじったにおいがする。

千鶴は、下痢の原因はこの水だと思ったのだが、六郎兵衛に言わせると、何か悪いものでも食べたのかもしれない、などと女将を庇《かば》うような言葉を発するのだ。

側に女房が見守っていたから、若い女将に鼻の下を長くして、勧められるままに水を買ったとはいいにくかったのかも知れないが、他に下痢をするような原因は見当たらなかった。そこで、

「この水、どこから汲《く》んだ水だと聞いていますか」

千鶴が尋ねてみると、三人が三人とも、ある祠の下から湧き出てきたものらしいという。祠にまつられているのは神か道祖神につながる仏ということになるが、どこにある祠なのか、女将の説明はなかったし、尋ねるのも憚《はばか》られた、という事らしかった。

まもなく知り合いの医者のところにも似たような症状の患者がいると知った千鶴は、一度花井の女将にいろいろ質《ただ》してみようと思っていたところだ。

どうやら今目にしている騒ぎは、被害を受けたのはあの三人だけではなく、たくさんいて、花井の女将に直に問い詰めようと集まったものらしい。

突然中年の女が人垣を割って出て来、女将に嚙《か》みつくように大声を上げた。

「あんたはね、そんな事を言うけれど、うちの亭主は、あんたから買った水を飲んで腹こわしてさ、今たいへんなことになってるんだ。血が出るほど下してさ、熱も出して、どうしてくれるんだい！」

「それは、水のせいではありません。私が渡した水を飲んでお腹をこわすなんて、そんなこと……そんなこと、ありえません！」

女将は、袂《たもと》から薄い藤色の手巾《しゅきん》を取り出すと、さも哀しそうに涙を拭った。

また聴衆が騒めく。

男たちは同情半分、不審半分のようだが、女たちは皆一様に眉を顰《ひそ》めている。

女将は一見したところまだ二十歳《はたち》過ぎのようだ。その年齢で、両国で店を持つとはよほどの才覚があるという事か。

濃い化粧と上物の着物を身に着けていて、美人というのではないが、女の体からは男を誘う蜜のようなものがにじみ出ている。

吉原や高級な岡場所の、籬《まがき》の中から男に誘いの視線を送る、あの女郎《じょろう》のような雰囲気を醸《かも》し出しているのである。

「嘘泣きですね。ここで泣こうと端《はな》から計算ずくで、手巾にも気を配って持ってきたんですよ……したたか」

お道が呟《つぶや》き、千鶴を小突いて、

「先生、少し離れて右手に座っている男の人たちは、いったい誰なんでしょうね」

お道に言われるまでもなく、千鶴も先ほどから女将を見守っている男たちが気になっていた。

一人は中年の商人で、右の目尻に大きな黒子《ほくろ》があった。そしてその男の左右に一人ずつ、こちらの方は若い男だが、その一人は髷《まげ》にビードロのかんざしを挿《さ》している。どう見ても遊び人だった。

三人の男たちは、女将の話を聞くために集まった者たちでない事は明らかだった。三人は女将の用心棒といったところか、集まった人たちに鋭い視線を走らせている。

「泣きたいのはこっちだよ！　その色香で亭主の手を握り、手相を見るふりをしてその気にさせて、得体の知れない水を売りつけたというじゃないか！」

「そうだ、はっきりしろ！……効き目がないんだ、金を返せ！」

後ろの方で同調する男の声がした。

千鶴もお道も、釣られてそちらに顔を向けたが、目に入ったのはその男の顔ではなく、女将を懐かしそうに、とろんとした目で見ている山出しの男だった。

男の歳は二十四、五か……獣の皮で作った皮半纏《かわばんてん》を着て、髪は総髪、赤茶けた肌と頑丈な体軀《たいく》、異様な風体の目立つ男だが、その表情には、ここに集まっている人たちとは違う純朴なものが窺《うかが》えた。

ざわめきがまた起こった。

千鶴とお道が再び視線を女将に戻すと、女将が切なそうな顔を上げて、こう言った。

「信じて下さい。信じなければ、どんなに霊験あらたかな水も効くはずがありません」

「この、女狐《めぎつね》！」

中年の女が、たまりかねて女将に走り寄って胸倉を摑《つか》んだ。

と思ったが、一瞬早く、女将を見守るように人々に鋭い視線を飛ばしていた若い二人が飛び出して来て、中年の女を突き飛ばした。

「何、するんだよ！」

中年の女は起き上がりこぼしのようにすぐに立ち上がって怒鳴りつけた。負けるものかという気概が見える。だが、

「もう話は終わりだ。皆、帰れ！……帰ってくれ！」

二人の若い男は、無理やり人々を店から押し出しにかかった。

「許せない！」

お道が怒りの顔で一歩進み出た。だが千鶴は、そのお道の腕を掴んで首を横に振った。

「だって先生……」

悔しがるお道に、

「ここは……今日のところは……」

千鶴は、神妙な顔で頷《うなず》いた。


翌日千鶴は久しぶりに一人で根岸《ねぎし》に向かった。

酔楽の体の具合がよくないと知らせを受けたからだ。

将軍家斉《いえなり》に強壮の薬を届けている程の、まだ現役の矍鑠《かくしやく》たる医者だが、自身の体については医者の不養生というところか、千鶴に診たててほしいというのであった。

「五郎政さん」

枝折戸《しおりど》を入って横手に廻り、洗濯物を干している五郎政に声を掛けた。すると、

「若先生、お待ちしておりやした」

五郎政は前垂れで手を拭いて近づいて来た。

「お忙しいのにすみません。なにしろ親分が腹を壊して、ずっと下痢をしておりやして……」

五郎政は、ちらりと背後の洗濯物に目を遣った。物干しざおには何枚もの下帯が翻《ひるがえ》っている。

どうやら酔楽が下《しも》の始末を失敗して汚した下帯を洗ったところのようだ。

「いったいどうなさったのですか、もう年寄なんですから、お酒もひかえて、お食事も五郎政さんに言って、消化の良いものを召し上がらないと……」

千鶴は、酔楽の枕もとに座るなり小言を言った。

「分かっておる。年寄をそういじめるな」

酔楽は苦笑し、五郎政の手を借りて半身を起こした。

五郎政はすばやく酔楽の背中に廻って布団を重ね、酔楽が負担なく座れるように気を配る。

そうしてから酔楽の横に座ると、

「若先生、原因はお酒でも食事でもございやせん」

にやりと笑って酔楽に視線を流した。

「ふん……」

酔楽は鼻を鳴らして五郎政をじろりと見たが、反論は出来ない、五郎政の言葉に異を唱えることは出来ない、そんな悔しそうな顔をしている。

「他に心当たりがあるのですね」

千鶴の問いに、酔楽は子供のように、こくんと頷いた。

すると横合いから五郎政が言った。

「若先生はご存じかどうか、両国に花井というお茶漬け屋があるんですが、そこの女将から得体のしれない……」

五郎政が最後まで話すより先に、

「呆れた。あのインチキなお水を飲んだのですね」

千鶴は、酔楽を睨《にら》んだ。

「仕方がなかったのだ」

酔楽は頬《ほお》を膨《ふく》らませる。

「どうして……」

「どうしてって、つまりだな、あの女がわしの手を握って、こう言ったのだ。お若くなりますよ、お体も十歳は元気になりますとな……」

千鶴は返す言葉もない。

五郎政と顔を見合わせて笑った。

すると酔楽が突然癇癪《かんしゃく》を起こした。

「ええい、人を馬鹿にしおって、五郎政までなんだ。元気になったら容赦《ようしゃ》はしないぞ！」

酔楽は子供が地団太《じだんだ》を踏むように足をバタバタしてみせた。

「おじさま、憎まれ口は体を治してからにしてくださいね。分かりました。そういう事なら、何もわたくしがお薬を差し上げなくてもご自分でどうぞ」

「千鶴、おまえは近頃冷たくなったんじゃないか」

酔楽は頬をぷっと膨らませた。

「そんな事はございません。いい歳をして若い女将に惑わされて変なお水を買うなんて」

「あの水、一両もしたんですよ」

横から五郎政が追い討ちをかける。

「ますます呆れました。私のところにも鼻の下を長くしてあの水を買って飲んだ人たちが下痢がとまらないってやってきています。まさかおじさままでひっかかっていたなんて、恥さらしもいいとこです。どうぞ、ご自分でお薬、調合して飲んで下さい」

千鶴は往診箱を持って立ち上がった。

「おい、こんなに弱っているわしを置いて帰るというのか」

「お大事に……」

「おい、千鶴、待て！」

酔楽の声が追ってきたが、千鶴は構わず部屋を出て玄関に向かった。

追っかけて来た五郎政に、

「これ、良く効きますから、おじさまに渡して下さい。こんなことかもしれないと思って、調合してきたんです」

千鶴は五郎政の手に、下痢止めの薬を手渡して土間に下りた。

「ありがとうございやす。親分は下痢が辛いのはもちろんですが、若先生の顔を見たかったんだと思いやす。歳を取りましたからね、体が弱ると子供のようになりやして」

「そうだ、五郎政さん、その水残ってますか？」

「へい、少し……持って来ます」

五郎政は台所に走ると、すぐにとっくりを手に戻って来て、千鶴に手渡した。

「ほんの少ししか残っていませんが……」

千鶴は受け取って、とっくりの口に鼻を寄せた。やはり金気のにおいがした。

顔を顰《しか》めて腕に抱えたその時、

「先生、実はもう一人、先生に診ていただきたい男がおりやして……」

申し訳なさそうな顔で五郎政は言った。

「その人も水を飲んで……」

「いえ、奴は金がねえからそんな話じゃないんですが、あの女将のために頭がおかしくなっちまって……あっしのダチ公でして」

千鶴は呆れた顔で大きく息をついて五郎政の顔を見た。

「すいません、明日にでも連れていきやすから」

「来てもらってもお役にたちそうにありませんね」

「そこをなんとか」

五郎政は手を合わせた。

二

「友次郎《ともじろう》といいやす、へい、大工でございやす」

五郎政が翌日千鶴のところに引っ張ってきた男は、最初にそう言って挨拶《あいさつ》したが、すぐに気の失せた息を漏らして俯《うつむ》いた。

けっして体躯に恵まれていない男ではない。小柄だが筋骨も大工のそれだ。ただ生気がなかった。眉を八の字にし、目はうつろで頬もこけ、肌に張りも無いから、一見して病の深刻さが窺えた。

「歳は三十、そうだったな」

五郎政は反応の乏しい友次郎に確かめるように言い、千鶴に申し訳なさそうな顔を向けた。

「若先生には、こんな男を連れて来て叱られるかもしんねえ、とは思ったんですが、うちの親分もあの通りでしょ。頼りにも何もなりゃしねえ。それにこれは、女子《おなご》である若先生に相談した方が霧が晴れるんじゃねえかと、そう思いやしてね」

五郎政は、そこでいったん言葉を切ったが、すぐに顔を曇らせて、

「親分もひっかかった、あの女将が原因なんですから……」

と訴えたのだ。

千鶴は呆れ顔でため息をついた。

「つまり、こういうことですか……あの女将に一目ぼれしてしまって苦しんでいると……」

「さすがは先生、そういうことです」

「そういう事ですったって、五郎政さん、そんな病は私には治せません。熱が出たとか頭が痛い腹が痛むなどというのなら薬の調合も出来ますが、心の病となると薬では治りません」

「そこを何とか、話だけでも聞いてやってもらえませんか。そうじゃないと、こいつ、死んでしまうかもしれやせん」

五郎政は必死の形相《ぎょうそう》だ。

「どうしてなんでしょうね、先生。女の目から見ればあんな女《ひと》、質《たち》の悪い女郎蜘《ぐ》蛛《も》のようだってすぐに分かるのに、男の人はそれが見抜けないのかしらね」

お道が怒りを交《まじ》えて呟くと、

「お道っちゃんの言う通りだ。あっしもそう思うんですが、親分が難なく引っかかるような有様だ。この友次郎は、あの女将に惚《ほ》れちまって、金もねえから水も買えねえ。あるのは熱い気持ちだけだ。それで仕事も手につかねえ、喰い物も喉《のど》を通らねえ、そういう情けねえ状態でございやして」

「付ける薬はありませんね」

千鶴は、きっぱりと言った。

「ちょっと待って下せえ。若先生、とにかく話を聞いてやって下さい。薬はいいです。いいですから話を聞いてやってくれませんか。そうすりゃ何かいい案が浮かぶかもしれねえんですから」

五郎政は千鶴に縋《すが》り、今度は俯いて泣き出しそうな顔になっている友次郎を小突いた。

「おい、お前のことだぞ、しっかりしてくれ。お前、言ったよな。この気持ちを先生に聞いてもらえたら少しは楽になるかもしれねえって。お前が先生に頼むんだ、男のくせに涙ためてる場合じゃねえ!」

あまりにしょげかえっている友次郎の姿に、千鶴もとうとう観念した。

「五郎政さん、分かりました。大した力にはならないと思いますが、話はお聞きします」

「すまねえ先生」

五郎政は手を合わせると、友次郎の膝を強く揺すった。

「三月《みつき》前のことでございやす……」

友次郎はようやく身を縮めるようにして口を開いた。

花井の女将おつるから、野分《のわき》で傷《いた》んだ戸を修繕してほしいと依頼がきた。

友次郎が店に駆けつけてみると、店の奥の、茶の間にも寝間にも使っている六畳間の裏縁側の板戸に穴が開いていた。

板戸はかなり古いもので、強風で何かが飛んできて当たり、穴が開いたようだった。

女将のおつるの話では、店を開くときに手を入れてもらったのだが、板戸まで手が回らなくて、そのまま使っているということだった。

猫の額《ひたい》ばかりの裏庭に面してあるその板戸は三枚、ついでに全部新しいものに換えることになり、友次郎は張り切って作ってやった。

人気者の女将の私生活がにおう部屋に踏み込んだのだ。

壁にかかっている女物の着物、化粧箱、鏡、裏庭にひらめく洗濯物の赤い二《ふた》布《の》、それらは男盛りの友次郎の目には毒だった。

しかも仕事が終わって手間賃を渡してくれる時に、おつるは友次郎の手を握って、

「ありがとう、助かりました」

潤《うる》んだような目で礼を言ってくれたのだ。

友次郎の胸は張り裂けそうになるほど興奮していた。

ねっとりとしたおつるの手の感触を消し去らないように、友次郎は何日もその手を洗わなかったし、気が付いたら、握ってもらった手を唇に当てていた。

——今度頼まれたら、金なんていらねえ。なんでもしてやりてえ……。

友次郎はそう思った。

友次郎はこの歳になるまで女と付き合ったこともなければ、女を抱いたこともなかった。

長患《ながわずら》いをしていた母親の面倒をみながら、二人の暮らしのために忙しく稼ぎに出る、そんな日が続くばかりで、女どころではなかったのだ。

正直、自分では並の男より顔の造作も気風《きっぷ》もいいと信じている友次郎だ。

——見る者が見れば、他の男に負ける筈《はず》がねえ。

女将はその事をちゃんと認めていて、それで俺にあんな態度をとってくれたのだ。

女将のおつるは本当は俺に惚れてるんだと、常に頭の先におつるの顔がちらついて、やがては顔だけでなく、着物の下に隠されている肢体にまでよからぬ想像をするようになった。

ただ友次郎は、おつるに男の噂が多いことは知っていた。

皆立派な旦那衆で、おつるがその男たちと、日を替え夜を替えて閨《ねや》を共にしていることも想像がついている。

だが、燃え上がった恋の炎は消すことが出来ない。

友次郎は仕事が終わると花井の店に走り、懐《ふところ》が温かい時には茶漬けを食った。茶漬けも食えない時には、店の表から花井の暖簾《のれん》を見詰めるのだった。

五郎政とは古いつきあいで、昔矢場で知り合い、今は時々屋台で飲む間柄だが、その五郎政に気づかれた。

それですべてを五郎政に告白して相談した訳だが、五郎政も打つ手が見付からない。

それなら知り合いの桂千鶴という医者の先生に心の病を診てもらったらどうだ

ろうかということになったのだ。

「先生、あっしは……あっしは一度でいい、あっしの気持ちをあの人に告げたいんで……ですが、拒まれた時のことを考えたら恐ろしくて口に出来ねえ、それも分かっているから悩んで悩んで……」

朴訥《ぼくとつ》だと思っていた友次郎は、熱に浮かされたように一気にしゃべった。

千鶴は黙って友次郎を見詰めていたが、大きく頷くと、

「厳しいことを言うようですが、どうしようもありませんね。私がどんな事を言っても、友次郎さんの悩みを取り去ることはできないと思いますよ」

そう告げると、友次郎はがっくりと肩を落とした。

「いっそのこと、自分の気持ちを、はっきりと伝えればいいじゃないですか。でもたぶん、友次郎さんに特別の気持ちを持ってるとは思えませんけど」

お道が口を挟む。

「お道っちゃん、それじゃあ身も蓋《ふた》もねえよ」

五郎政は友次郎を気遣った。

だが当の友次郎の方は、お道の忠告もどこ吹く風で、

「先生、あの女《ひと》は、あっしの手を握って、ありがとうって言ってくれたんです。

女の人がそんな態度に出るのは、特別な気持ちがあるからでしょう？」

まだ熱に浮かされたままだ。

千鶴は仕方なくそれに応えた。

「軽い気持ちで手を握った……私にはそうとしか思えませんね」

「先生……」

友次郎は詰め寄った。

「納得してないようですね。ここはお道っちゃんの言う通り、勇気を出して女将さんに訊くしかありませんね。自分の気持ちを伝えて女将さんの気持ちも訊く。それしか方法はありません」

友次郎はしゅんとなった。

五郎政が恐れ入った顔で言う。

「若先生、若先生が代わりに訊いて下さるってぇいうのは……」

「お断りします。自分の口で言えなくてどうするんですか。仮に色よい返事じゃなくっても、一歩前進です。気持ちを切り替えて、仕事に専念して、そしたらもっといい女の人に巡り会えます」

千鶴は、きっぱりと言った。

「だってよ……おい、もう覚悟を決めろ」

五郎政は項垂《うなだ》れている友次郎の腕を小突いた。


翌日のこと、朝食を終えた千鶴の前に、お竹が金魚鉢を運んで来た。

「先生、ご覧ください」

お竹が置いた金魚鉢の中で、金魚が二匹腹を見せて浮かんでいる。その水は薄茶色に染まっていた。

「これ、おじさまのところから持ち帰った、あの水ですね」

「ええ、そうです。試しにと思って金魚を買ってきて入れてみたんですが、一日もたたないうちに死んでしまいました」

千鶴は、金魚鉢を手にとって見詰めた。

「金魚にはかわいそうなことをしてしまいましたね」

「いったいどこから汲んで来た水なんでしょうか。人を騙すにしたって、水道から引いた井戸の水ならこんなことにはなりません。こんな水を売って一両だなんて、とんだペテン師ですね」

お竹が金魚鉢を受け取ったその時、お道が慌てた顔で入って来た。

「先生、大変。あの女がやってきましたよ」

「あの女……」

と訊き返して千鶴ははっとなった。

お道は頷き返して、

「診察してほしいんですって……」

そう言って口辺に薄い笑いを見せた。

千鶴はすぐに診察室に入った。

「私はおつると申します。こちらの先生は女の先生で、しかも名医、内科だけでなく、外科もなさっていると聞きまして……」

濃い化粧の女は頭を下げた。

「どこの具合が悪いのですか」

千鶴が訊くと、

「お腹が張って、気分も悪くて……」

と言う。

千鶴は、あれやこれやと症状を訊いていたが、熱っぽいし、食欲も落ちていて、しかも月のものも途絶えていると聞き、

「お腹に赤ちゃんが出来ているのだと思いますね」

千鶴は告げた。

「やっぱり……そうですか」

おつるは納得したようだった。だがすぐに、

「先生、こちらでは堕ろしてもらえないのでしょうか」

さらりと言ってのけたのには、さすがの千鶴も顔を曇らせた。

「子堕《こおろ》しは罪ですよ。そんなことに手を貸すことはいたしません」

「お金ならあります」

千鶴は、咄嗟に出たおつるの言葉に絶句した。

――この女《ひと》には、少しも罪の意識はないようだ……。

呆れて見詰める千鶴に、おつるはもうひと押し、という顔で言った。

「私、子堕し専門の中条流《ちゆうじようりゆう》の医者のところは嫌なんです。かと言って、そこらへんのお医者さんは皆男の医者で相談しにくい、それでここにやって来たのに……」

「おつるさん、世の中には、子供が欲しくても恵まれない人たちがいます。また、これはいけない事ではありますが、せっかく授かった子を、貧しさのために

流さなくてはならない人もいます。でもあなたはお金に困ってるわけではない」

「先生、私は母親になんぞなりたくありません」

おつるは、けろっと言ってのけた。

「！……」

「だって私は、おっかさんに幼い頃に捨てられた人間ですもの。そんな女の血を引いた私が、子を育てられるわけがありません。途中で子供を捨てるんなら、最初から産まないことです。産んじゃいけないと思うんです。そうは思いませんか……先生？」

「……」

千鶴は、まじまじとおつるを見た。

呆れて言葉もなかったが、ただ、男に色気を使って奔放《ほんぽう》に生きているようにみえる女にも、心に深い傷を受けた過去があったのだと思った。

とはいえ、千鶴は医者だ。安易な堕胎《だたい》に賛成するわけにはいかない。

「でもねおつるさん、あなたは母親に捨てられたかもしれませんが、今そうしてちゃんと生きて暮らしているではありませんか。生まれて来る前に命をとられていたら、今のあなたはありませんよ」

「先生、あたしが生きてるのは、母親に恨みがあるからですよ」

「おつるさん……」

「私の母親は私が十歳の頃に家を出て行ったんです。人も通わぬ山の中の出来事です。そんなところに娘を置いて出て行けば、生きていられる筈がない。母親はそれでも平気で私を捨てたんです。その時私は殺されたも同然なんです。私が今まで生きてきたのは、その母親にもしも会うことが出来たなら、今度は私が母親をこれみよがしに捨ててやる。そう考えてのことなんです」

「……」

「それでも先生は堕ろしちゃいけないっておっしゃるんですか……」

「そうです、軽々しく子を堕ろしてはいけません。もう一度良く考えて……」

千鶴が最後まで言う前に、おつるは突然立ち上がった。そして険悪な目で千鶴を見下ろすと、

「ふん、なんだい。医者だと思って下手に出て頼んでるのに……いいよ、もうあんたには頼まない！」

おつるは床を蹴って出て行った。

「なんて人なんでしょう。でも誰の子かしらね、お腹の子は……このこと、友次

郎さんが知ったら目が覚めるかもしれませんね」

お道は、おつるが出て行った玄関の方に視線を流して言った。

三

「目には青葉……じゃないな。もみじだ、もみじだったら、ねえ旦那、何か一句浮かびませんか」

猫八は料亭の庭を囲む優雅なもみじの枝に酔いしれていた。

「難しいことはいいの。美味《おい》しい酒をいただく、それでいい。おい猫八、ここの亭主の志《こころざし》だ。一滴残さずいただくんだ」

浦島は飲み干した杯を眺めて満足そうな顔で言った。

二人がいるのは向嶋にあるもみじで有名な『もみじ亭』という料理屋の庭だ。

三百坪もあろうかというこの庭には、優美な線を描く枝を張り出した、いろいろな種類のもみじが植えられていて、この頃になると競い合うように色づいて来る。

客はそれを目当てにやってくるから座敷だけでは賄《まかな》えない。

そこで庭に長床几《ながしょうぎ》を置き、その上に紫紺《しこん》の毛氈《もうせん》を敷いて客をもてなしているのである。ちなみに春や夏の、もみじがまだ若葉や青葉の時には、長床几に掛ける毛氈は赤、時々のもみじの葉の色が引き立つように敷物にも気を配っている人気の店である。

そしてこのもみじ亭の今の主《あるじ》は藤左衛門《とうざえもん》というのだが、もとは南町奉行所の同心酒井丹兵衛《さかいたんべえ》の次男で貞之助《さだのすけ》と言った。

十年ほど前にもみじ亭に養子に入り、今はもみじ亭の先代の跡を継いで名前も襲名し、立派な主となっている。

貞之助の実家酒井の役宅と浦島の役宅は隣どうしで、この頃になると、藤左衛門は浦島を招待してくれるのだ。

そして、食べきれないほどの料理を振る舞ってくれる。

——万が一この店で何か不都合なことがおきた時には、穏便に頼むぞ——

そういう、浦島に対しての暗黙の意思表示なのだ。

むろん浦島もその事は心得ている。

この世は持ちつ持たれつ、だからこそ大きな顔で盃を傾けているのだ。

二人は、もみじを眺めるよりも、箸《はし》を使い、酒を飲むことに夢中であった。

だが、そんな二人の目が、突然一点を見詰めて酒を飲む手を止めた。

「おい、あの女だ」

浦島が猫八に囁いた。

「ほんとだ、花井の女将のおつるじゃありやせんか……しかし、色っぽいねえ……旦那、ああいう女と酒を飲みたいって思うでしょ」

猫八は、とろりとした目で前方を見る。

その視線の先では、おつるが背のすらりとした若旦那風の男に寄り添って、もみじの木の下にしつらえてある長床几に座ったのである。

人の目が周りになければ、若旦那はおつるを引き寄せて抱きしめそうな雰囲気だ。

「あっ」

猫八が箸を落とした。

それもその筈で、二人が想像した通りに、若旦那はおつるを抱き寄せたのだ。

人の目もはばからぬ大胆な行動だった。

するとそこへ、突然四十前後の恰幅《かっぷく》のいい商人が走り寄った。右の目尻にある大きな黒子が、やけに目立つ男だった。

「おつる、その男は何だ……近頃おかしいおかしいと思っていたら、お前は、色男を作っていたのか」

四十前後の商人は、怒りに任せて怒鳴った。

おつると若旦那は、ぎょっとして体を離した。

「これは半田屋《はんだや》の旦那でございますか」

若旦那風の男は、挑戦的な顔をして、長床几から立ち上がった。

「丁度良かった。私もあんたに会いに行こうと思っていたところですよ。おつるは、もうあんたとは別れたいと言っていますからね」

若旦那は、勝ち誇ったような薄笑いを浮かべて言った。

「何だと！」

半田屋は目をしろくろさせて言葉につまった。そしておつるに、今の話は本当なのか、と怒りの目を向けた。

「ごめんなさい、旦那。私、この人の女房になりたいんですよ」

おつるは、妖艶な視線を若旦那に流す。

「許せん。お前にあの店を持たせてやったのは、このわしだぞ。その恩を踏みつけにして、どこの馬の骨か分からん奴と一緒になるというのか」

「だって旦那、旦那にはおかみさんがいるじゃありませんか」

「黙れ！　お前に掛けた金は女房の比じゃないよ。どれほどおまえに金を使ってきたか知らぬとは言わさん」

半田屋は怒りに震えている。

おつるは侮蔑《ぶべつ》の目で溜息をついてみせた。

すると若旦那が一歩前に出て言った。

「半田屋庄兵衛《しょうべえ》さんでしたね。そんなにおつるに使った金が惜しいというのなら私がお返ししますよ。それでいいでしょ」

「なんだと、お前はどこのチンピラだ。それとも親に勘当された遊び人か」

「チンピラとか、遊び人とか、よくもまあ怒りに任せて、結構な店の主が恥ずかしくないものですね。いいでしょう。名乗りましょう。私は深川の油問屋『難波《なにわ》屋《や》』の嫡男橋之助《はしのすけ》です」

「な、なんだと……油問屋の難波屋……」

「難波屋を知っているようですね。私は正真正銘の難波屋の倅《せがれ》です。茶漬け屋にあなたが掛けた金など私の小遣い、もう一度いいますが、お金はすぐに用意しましょう。その代わり、今日かぎり、このおつるには手を出さないでください。おつるの事は忘れて下さい」

年上の男をコケにしたような橋之助の物言いに、半田屋庄兵衛の心に火が付いた。

「このアマ、殺してやる！」

庄兵衛は、おつるの胸を掴んだ。まずはおつるに怒りが向いたようだ。

すると、その手を橋之助がもぎ取った。そして、庄兵衛の顔を殴った。

「見苦しいな！」

「野郎！」

今度は庄兵衛が橋之助の頬を張り返す。

「きゃー！」

庭に席を設けていた客の女たちから悲鳴が上がり、もみじ亭の庭は騒然となった。

「旦那！」

猫八は、十手を腰から引き抜いて立ち上がった。同時に浦島も立ち上がった。

「待て待て、南町奉行所の者だ。喧嘩は止めろ！……しょっ引くぞ！」

猫八が十手を振り回した。

するとそこに、もみじ亭の若い衆三人が走り出て来た。三人は力ずくで、庄兵衛と橋之助を分けた。

肩や腕を押さえられながらも睨みあう庄兵衛と橋之助に、浦島は言った。

「店の中で話を聞こう。ここじゃあ皆に迷惑がかかるからな」

浦島に促されて、庄兵衛と橋之助、それにおつるは店の中に入って行った。

それを潮に遠巻きに見ていた人たちも、自分の席に戻って行った。

だがただ一人、庭の隅に突っ立って、おつるが入って行った店の軒を心配そうに見つめる男がいた。

その男、なんとあの友次郎だった。

「猫八さん、それ、何時《いつ》の事ですか」

お竹は猫八にお茶を出すと、そのままそこに座って尋ねた。

雨が上がった昼ごろのことだ。

診察も一段落して昼食の支度をしようとしていたところに、猫八がひょっこり裏庭から顔を出したのだ。

千鶴は薬園を見廻っていて、診察室ではお道が腰の痛みでやってきたおとみに湿布の手当てをしていた。

「三日前のことでさ。まだほやほやの話です」

猫八は、出されたせんべいをうまそうに頬張《ほおば》った。

そこに千鶴が薬園から戻って来た。手には数種の薬草を握っている。

「先生、また大変な騒動があったようですよ。あのおつるって女将が原因で男二人がつかみ合いの喧嘩をしたんですって……」

お道が早速猫八の話を報告した。

「浦島の旦那とあっしがあの場所にいなかったら、きっと血を見ていたにちげえねえんだ。先生、あの、おつるって女は大した玉ですぜ」

「猫八さん、その中年の商人の半田屋庄兵衛という人には、大きな黒子があったんですね」

千鶴は縁側に腰を下ろすと、薬草をお竹に渡して、猫八に訊き返した。

「へい、右目尻に……」

するとお道が、

「あの人ですね、先生」

やっぱりという顔をする。

目尻に大きな黒子を持つ男は、あの日、おつるが人々を店の中に招き入れて釈明していた日、おつるを見守るように側に付き添っていた商人だ。

「半田屋は神田《かんだ》で雑穀問屋をやっておりやす。女房も子供もいる男ですが、どうやらおつるに魂《たましい》を抜き取られていたようで、そのおつるに裏切られたと知って逆上したようです」

「半田屋のお妾より難波屋のれきとした女房になりたい、そういうことなんですね」

千鶴が言った。

「そのようでした。なんとかその場は十手の力でおさめましたが、さて、この先どうなるのか目が離せませんや。あんな女に引っ掛かるなんて半田屋も身から出た錆《さび》、自業自得と言いたいところですが、おつるの新しい男は、見栄えも商いも半田屋の比じゃねえ大きな油問屋の跡取り息子。橋之助とかいう若造に鼻であしらわれて、哀れといえば哀れ、ちょっぴり気の毒でした」

猫八は、しゃべりながらパクパクせんべいを片付けて、

「こりゃあすみません。つい昼時で腹が空いてたものですから……」

照れ笑いをしてみせた。

「先生、そういえば、おつるさんがここに来たのはもう一月《ひとつき》も前でしたよね。お腹の子を堕ろしたいって……」

　お道が言った。

「へえ、そんな事があったんですかい」

　猫八が驚いた顔で相槌《あいづち》を打つ。

「ええ、先生が断ったら怒って出て行きましたけど、あれからどうしたのかしら」

　するとおとみが、顔を千鶴たちの方に向けて言った。

「どこかで堕ろしたんでしょうよ。堕ろした子はおおかたその半田屋の種《たね》だったに違いないね。新しい男と一緒になりたいばっかりに、その女、お腹の子を始末したんだ」

　おとみは、怒りの混じった声で言った。

　長い間産婆《さんば》をやってきたおとみは、生まれて来る赤子の命の尊さを知っている。以前にもおとみは、子を堕ろす話には手を貸さない、と言っていた。

「あっしの勘ですがね、あの女、過去を穿《ほじく》り返したらいろいろ出てきそうです。あっしもあの騒動のあとに思い出したんですが、そういや、見廻りの時に、大伝馬町の小間物屋の向かい側でじっと立ち続けているのを見たんですよ。一回や二回じゃねえ。なにしてるんだと思って通り過ぎたんですが、ひょっとして、あそこの旦那もおつるにいいようにされた口かもしれねえ」

「大伝馬町の小間物屋って、成島屋《なるしまや》のことですか」

千鶴が怪訝《けげん》な顔で訊いた。

「へい」

「……」

千鶴も同じような光景を目にしたのを思い出していた。

往診の帰りのことだ。成島屋の差し向かいの下駄屋《げたや》の軒下から、じっと成島屋の戸口を見詰めている女を見た。

女の視線は、成島屋の表で手毬《てまり》に興じる女の子に注がれていた。

まだ六、七歳かと思える丸顔の愛らしい女の子で、店の者やお客が出入りするのにも気遣う様子はなく、何の手毬歌か口ずさんでいる。

通りすがりの千鶴も、その姿にふと幼い頃を思い出して懐かしかったが、いま思えば、あの女はおつるだったようにも思える。

――しかし何故……。

千鶴は新たな疑念に首を捻《ひね》った。

四

「その節はお世話になりました。ごゆっくりして行って下さいね」

おつるは、ちらっと五郎政に艶めかしい視線を送りながら、おずおずとして座った友次郎にそう言った。

「ま、ま、また、何か困ったことが……」

あったら何でも言ってくれと伝えようとした友次郎の言葉が終わらないうちに、おつるは別の客の方に移って行った。

まるで、友次郎など眼中にない、といった態度である。

いきなり出鼻を挫《くじ》かれた友次郎は、しゅんとなって俯いた。

「おい、しっかりしろよ。せっかく俺が連れてきてやったんだ。今日は茶漬けを喰うより、おめえの気持ちを伝えるためにやってきたんだ」

五郎政が小さな声で叱咤《しった》する。

五郎政は舌打ちしたい気分だった。

「政さんよ、おいらは本当は諦めてんだ。話したろ……向嶋のもみじ亭っていう料理屋で、おつるさんを奪い合ってつかみ合いの喧嘩があったんだ。その二人とも、歴《れつき》とした商人だ。おいらのようなしょぼくれた貧乏人じゃねえ。しかも、橋之助とかいう奴の、女房になりたいなんて言っていた。おいらはもう終わりだ」

　昨日五郎政の前で泣く友次郎を見て、

「分かった。おめえも諦めた方がいいな。ただ諦めろと言っているんじゃねえんだ。俺が奢《おご》ってやるから花井に行こう。そこで一生分おつるを見るんだ。一生分見たら、すっぱり諦めるんだ」

　五郎政は説得した。

　友次郎もそれで納得してやって来たのだが、おつるの姿を見るのさえ、おずおずしているような有様だ。

「誰にだってな、おめえのような事はあるもんだ。そうさ、俺にもあったな。いい女でよ、この女の他に俺が惚れる女がいるものかと思うような女だったな。ところがやっぱり女は金が好きだ。なんとかいう金持ちの爺さんの女になったんだ。俺はその時、すっぱりと女の事を頭から切り離したんだ。そういう苦しみを乗り越えるとな、つよおい男になれるんだ」

口から出まかせ、友次郎に厳しく言った。ここが正念場だと五郎政は思った。

するとどうだ……友次郎がこくんと頷いたではないか。

「そうだ、それでいいのだ。おい、目の前の茶漬けを食べようぜ」

箸を勧めて自分も取り上げたその時、異様な出で立ちの男が店に入って来た。

男は皮の半纏を着ている。髪は総髪で、いかにも山出しの雰囲気の男だった。

「いらっしゃ！」

客を迎えに出て来たおつるが、その男を見て、あっとなった。

「おつるちゃん、久しぶりだな」

男は言った。どこか、訛《なま》りのある朴訥そうな声だった。

するとおつるは最初の驚きをすぐに呑みこみ、

「どうしたの、捨松《すてまつ》さん、こんなところに……何時」

咎める声で訊き返した。

「山を下りてきたんだ。もうあそこでは暮らせねえよ。おつるちゃんもいなくなった山なんて、つまらねえ」

捨松と呼ばれた男は、懐かしそうに言った。

おつるの顔から血の気が引いていく。

捨松と呼ばれた男は、おつるのそんな変化に気づかないのか、

「心配してたんだ。おつるちゃんと、おとうの事をよ。何故山を下りたのかって……いったいどこに行ったのかって」

「ちょっと……」

おつるは、辺りを見渡した。そして捨松に低い声で言った。

「変なこと言わないでよ。あたしはね、昔のあたしではないんだから。山のことはもう忘れた。あたしとあの山とは、何のかかわりもないの」

邪険《じゃけん》な目で捨松を、おつるは見た。

「そうか、いろいろあったからな、無理もねえや」

捨松の態度は、まだ懐かしさのままだ。

だがおつるの形相は、五郎政や友次郎が見たこともないような、恐ろしい顔になって行く。

「おとうは元気か？」

おつるの形相の変化にも気づかぬまま捨松が更に無邪気に話しかけると、

「こっち来て」

おつるは捨松の腕を引っ張って店の壁際に連れて行った。

五郎政たちには、おつるの顔は見えていたが、捨松の顔は見えなかった。毛皮を羽織った丸い背中がみえるだけだった。

おつるは捨松に向かって、人に聞こえないように、何か小言を言っていた。

まもなくだった。

「もうここに来ないで！」

冷たいおつるの声が聞こえ、捨松が落胆《らくたん》した顔をして、五郎政たちの側を通り外に出て行った。

おつるは忌《い》み物《もの》から離れるように店の奥に入って行った。

五郎政は反射するように立ち上がっていた。

「おい、出るぞ」

「待ってくれ。まだ早いよ」

友次郎は未練たらたらだ。

「勝手にしろ」

五郎政は友次郎を店に残して外に出た。

「おい、待ってくれ。捨松さんというんだってな」

五郎政が花井の店を出た捨松に声を掛けたのは、米沢町の絵草子屋《えぞうしや》の前だった。

人の行き来は激しいが捨松の姿はすぐに分かる。肩を落として歩いていたが、五郎政の声に振り向いて頷いた。

「俺はさっきの店にいたんだが、おめえの話を聞かせてくれねえか」

「おいらの……」

捨松は怪訝な顔で訊いた。

「そうだ、おめえの田舎の、山の中の話だ」

「なんで？」

「なんでって……おめえは、あの女将の知り合いらしいじゃねえか」

「そうだよ」

「だから聞きたい訳よ、あれだけ人気の女将のことだ。興味があるじゃないか」

捨松をにやりとして小突くと、捨松は得意そうな顔で頷いた。

つい先ほどまで消沈ぎみだった捨松の顔が、急に明るい顔になった。体はでかいが、まだ子供のような純で幼いところがある男だと五郎政は思った。

「よし、そうと決まったら、そうだな……」

五郎政は辺りを見渡して、

「そこらの蕎麦屋《そばや》で一杯やりながら、それでどうだい……なあに、俺の奢りだからよ、銭は心配いらねえぜ」

うまく取り入った喜びが、五郎政の顔に現れている。

「いいよ、行くよ。おいら、もう銭が無くて腹が空いていたんだ。だから熊《くま》の胆《い》を買ってくれるところを探して金をつくらなくてはと、そう思っていたところなんだ」

「なんだ、そんな事なら心当たりがある。俺に任せておけ」

「ほ、ほんとうか」

五郎政の言葉に、捨松は嬉しそうな顔をした。今すぐにでもそこに行きたいと言う。

「そういう訳でしてね、この捨松が山から持参して来た熊の胆を買ってやってもらえねえかと連れてきたんですが、まさか若先生がいらしていたとは……どうか若先生も見てやって下さいまし」

五郎政は、酔楽と千鶴に、連れて来た捨松を紹介した。

捨松は膝から下を剝《む》きだした丸太のような足を折って、酔楽と千鶴に頭を下げた。

　酔楽は千鶴の調合した薬が良く効いたのか、すっかり下痢も止まって布団も上げている。少々やつれた感もなきにしもあらずだが、元の元気な酔楽になっていた。

「五郎政、おまえという奴は、どこに行ったのかと思っていたら、この男と会うためだったのか」

　酔楽が言った。

「いえそれが、実は友次郎のことで……」

　五郎政は掻《か》い摘《つま》んで、友次郎を花井の店に連れて行ってやった経緯《いきさつ》を打ちあけた。

「まったく……その友次郎というお前のダチ公にもあきれるな、馬鹿に付ける薬はない、って言ってやれば良かったのだ」

　酔楽は、小馬鹿にした顔で笑った。だが、

「おじさま、おじさまがそんな事言えるのでしょうかね」

　千鶴がにやりとして言ったものだから、酔楽はひとつ咳をしてはぐらかし、畏《かしこ》まって座っている捨松に声を掛けた。

「まずは、持って来た熊の胆を見せてもらおうか」

「へい」

捨松は、慌てて背中に括《くく》り付けていた荷物をおろして包を解いた。

そして、油紙に包んだ大きな塊《かたまり》を酔楽の前に出す。

「うむ……」

酔楽は引き寄せて油紙を剝《は》ぎ、中の塊を手に取った。

塊はつややかな飴色を呈していて、塊の大きさは大人の拳《こぶし》よりも大きい。

「ほう……色つやもいいな」

酔楽は、鼻を寄せて匂いを嗅ぎ、

「うん、いい熊の胆だ。捨松、これはどこの産だ……」

重さも掌に載せて量りながら訊いた。

「へい、三河《みかわ》と遠江《とおとうみ》の国境です」

「ふむ……」

酔楽は矯《た》めつ眇《すが》めつしていたが、

「よし、全部貰おう。二十五両でどうだ」

気前よく言った。

「ほんとですか。ありがとうございます」

捨松は、飛び上がるほど喜んで頭を深々と下げた。

「ほら……捨松さん、俺のいうことに嘘はねえだろ。こちらの先生は、捨松さんが聞いたらびっくりするような方にお薬を差し上げている。おめえさんの熊の胆も、だからぽんと買って下さったんだ」

五郎政は酔楽を持ち上げた。そして、

「こんないい熊の胆が獲《と》れる山を捨てて、はるばる江戸まで出て来るなんて、勿《もっ》体《たい》なかねえか……」

話を捨松の田舎に振った。

「へい、確かに……ですがおいらは、山を下りたおつるちゃんが気になって……」

「そうだったな、その話をしてくれねえか」

と五郎政は捨松を促すと、酔楽と千鶴には、捨松の故郷は三河と遠江の国境、秋《あき》葉《は》山《さん》に向かう林道から山の奥に入った、滅多に他所《よそ》の人の姿は見ない場所だと告げた。

「じゃあ、あのおつるさんも、同じ村なんですね」

千鶴は捨松に訊いた。すると、

「村というほどのものじゃねえ」

捨松は困ったような顔で言った。

一同が怪訝な顔を向けると、

「こちらの山肌に、一、二軒、また向こうの谷間に一軒とか二軒とか家がある、村というほどのものでねえ」

捨松は言った。

それというのも、田畑が少なく、米はわずかな棚田《たなだ》で作っているが、普段食することはない。

常食は稗《ひえ》や粟《あわ》、黍《きび》といった米以外のもので、お菜は川魚や兎《うさぎ》や山鳥で、青菜や大根なども小さな空き地で育てている。

銭金《ぜにかね》の欲しい時には、熊の胆や猪《いのしし》の干し肉、山鳥、獣の皮、草鞋《わらじ》や竹籠《たけかご》などを、遠くにある大きな村まで持って行くのだ。

婚姻《こんいん》は、こういった暮らしをしている者どうしがするが、おつるの父親と母親も、同じような暮らしをする家どうしが決めたものだった。

捨松の家とおつるの家は、谷ひとつ越えた隣にあった。

それで子供たちの行き来もあり、捨松はおつると沢で遊び、兎を追いかけた。歳は捨松の方が三つ上だが、今日はどんな遊びをするかを決めるのは、いつもおつるの方だった。

おつるの家に異変が起きたのは、おつるが十歳の時だった。

おつるの母親の姿が見えなくなったと大騒ぎになったが、どこを探しても見つからず、母親は山を捨てて町に出たのだろうということになった。

あとに残された父親の権兵衛《ごんべえ》とおつるは、二人きりでよりそって暮らしていたが、おつるが十三歳になった秋のこと、今度はおつると父親が山から姿を消したのだった。

実は二人が姿を消した前日、山一帯は野分で雨風が激しかった。

捨松の家ばかりではないが、このあたりの家は、藁《わら》の屋根に板を張り付けた小屋のような家だ。野分の大きさによってはひとたまりもない。

捨松の家族五人が、六畳の板の間に集まって野分の止むのを息をひそめるようにして待っていると、中年の痩《や》せこけた僧が一夜の宿を乞うてきた。

だが、その夜捨松の家には、客に食べさせる物が何一つなかった。野草の入った黍の粥《かゆ》を平らげたところだった。

そこで捨松の父親が、谷ひとつ越えた向こうに権兵衛という者の家がある。何、山肌を登っておりたすぐ近くだ。あの林を越えれば見える。

そこの権兵衛は娘子《むすめご》と二人暮らしで、うちと違って食料の蓄《たくわ》えもあると思う。すまないがそちらに行ってほしいと道筋を案内してやった。

案内するばかりではなくて、捨松の父親は、わざわざ谷の音が聞こえる辺りまで送ってやったのだ。

そういう事があった三日後のこと、雨風が止み日常の暮らしが戻って来たその日、父親は捨松を連れて、おつるの家に向かったのだ。

客人を押し付けて、その後どうなったのか、権兵衛にも謝らなければと思ったようだ。

ところが、家はもぬけの殻だったのだ。

家の中には鍋釜も無くなっていた。敷いて寝ていた毛皮の布団も無かった。家の中に残っていたのは、痩せこけた僧が持っていた杖だけだった。

捨松と父親は、何かきつねにでも化かされた心地で、しばらくがらんとなった家の中を眺めていた。

捨松はそこまで話すと、五郎政が出してくれたお茶を飲んだ。

千鶴が言葉を掛けようとしたが、捨松は追憶の目で庭を見て言った。

「本当に、なんにもなくなっていただべ……家の外に出ると、カタカタ音がして、屋根を見上げると、おつるちゃんが作った風車が、風を受けて回っていただ。寂しい音を鳴らしてよ……」

「それで捨松さんも山を下りる気になったんですね」

千鶴が訊いた。

捨松は、首を横に振った。

「いや、おいらが山を下りたのは、つい最近だ。おとうが亡くなったからだべ。兄いが嫁を貰ったし、それで出て来ただ……」

「でもよく、おつるさんが江戸にいると分かりましたね」

「それは、ずっと前に、浜松《はままつ》の城下町の、水茶屋で働いているっていう噂があっただべ」

その水茶屋を訪ねると、おつるは江戸の商人に連れられて行ったという。それで、捨松も追っかけるようにして江戸にやって来たのだと言った。

「ふーん、それにしても、そんな仲なら、なんであんなにおめえに邪険だったんだ」

五郎政が頭を傾げる。

「……」

捨松は困った顔をして俯いた。

「何か気にいらねえ事を言ったんだな」

「とんでもねえ」

捨松は、激しく首を振った。

「ただ……」

はっと思い出したように、呟いた。

「あの事かな」

「どんな事だ」

五郎政が畳み込む。

「あの野分の半月ほどあとの事だよ。おつるちゃんの家の裏山で狼《おおかみ》が何かにむらがっていたんだ。おいらのおとうが通りかかって気が付いて、狼を追っ払ってみると、なんとあの時の僧らしき死体が転がっていたんだべ。あの僧は、おつるちゃんの家を出たあと、何かの理由で死んでたんだ。その事をこの間おつるちゃんに教えてやったんだが……」

「……」

千鶴は意外な話に、五郎政と顔を見合わせた。

捨松は懐かしそうにこんなことも口走った。

「おいらは山を下りてきたけど、ほんとうは山はいいところだぜ……冬が来ると、おつるちゃんが暮らしていた辺りには、雪婆《ゆきばんば》が飛ぶんだぜ……」

「雪婆……」

「そうだよ。雪ほたるっていう人もいれば雪虫綿虫《ゆきむしわたむし》っていう人もいるべ。小さな虫が交尾する時飛び立つんだが、青白い光を出して飛ぶ。あたりいっぺいによ、綺麗《きれい》だぞお……」

捨松は陶酔《とうすい》の目をしている。捨松は、まるで今その場所に立っているように言った。

「おつるちゃんの家の屋根にも周りにも、雪婆が飛んで飛んで……おつるちゃんは手を広げてな……雪婆に挨拶するように大きく広げてな……おつるちゃんは、雪婆が好きだったんだな」

「おじさま、どう思われましたか、あの捨松さんの話……」

千鶴は、五郎政が捨松を送って行くと、新しいお茶を淹《い》れなおして、酔楽の前に出した。

「うむ……」

酔楽は、お茶を一口飲んでから、

「わしも驚いた。あの色っぽい女将が、秋葉山に向かう道中の山の出だったとはな。捨松は何も考えずに話してくれたが、おつる親子が山の仲間に黙って浜松に出たのには、それ相応の理由があったという筈だ」

「ええ、旅の僧の話は、ちょっと驚きました」

「わしもヤキが回ったものだ。あんな女の色香にほだされて腹痛を起こすような水を買うとは……」

酔楽は、苦笑いをしてみせた。

「おじさま、その水のことですが、あれは上水道の水ではありませんね。どこかの掘井戸から汲んだ水かもしれません」

「わしもそう思う。あれは金気の多い掘井戸の水に違いない」

「ええ、あの水で腹痛を起こした患者がまだ増えるようなら、おつるさんに質してみようと思っています。ただ、深川の難波屋さんの若旦那に見初《みそ》められて一緒になるとかいう話も出ているようですから、そうなれば、あんな怪しげな水を売ることもないでしょうし……」

「難波屋の若旦那と……油問屋だな」

「ええ。数日前に向嶋でひともんちゃくありまして……」

千鶴は、猫八から聞いた話を酔楽に告げた。

さすがの酔楽も呆れた様子で、

「そういう事なら、千鶴のところに子を堕ろしにきたのは、難波屋に入ろうと思ってのことだな、きっと」

「おそらく……」

「しかし、その雑穀屋の旦那も、黙って引き下がるかどうか……まっ、あんな女に、あんまりかかわらぬことだ」

まるで自分がひっかかった事を忘れたような言い草だ。

「おじさま……」

千鶴は笑った。

「それはそうと、お前にひとつ話しておきたいことがあるのだ」

酔楽は、湯呑を置いて、改まった声で言った。

「なんでしょうか」

「二つある」

「はい」

千鶴も、神妙な顔で姿勢を正した。

「ひとつは、五郎政のことだ」

「……」

「あいつもここに来て久しい。小百姓の出の元やくざだが、読み書きもそこそこ出来る、というより、わしが仕込んだ」

「ええ」

「言葉は粗野だが心が温かい。それに人情に厚い。機転もきいて働き者だ。そこで少しわしの手伝いをさせているのだが、ぼつぼつちゃんとした医者の修業をさせても良いかなと考えているのだ」

酔楽は、千鶴の意を確かめるような顔で見た。

「おじさま、その事でしたら、わたくしは大賛成です。おじさまもだんだんに歳を取ります。出来ればいつまでも、五郎政さんにおじさまの側にいてほしいと考えていたんです」

「そうか、お前も賛成してくれるか」

「もちろんです」

酔楽は、にこりと笑って満足そうな顔で頷いた。

「もうひとつは、お前のことだ」

酔楽は、じっと千鶴の顔を見た。

「お前も、もうそろそろ歳だ、猶予《ゆうよ》はない」

「おじさま……」

「どうだ、本当の気持ちを言ってくれ。お前は菊池求馬のことを、どう思っている」

「おじさま！」

まさかそんな質問をされるなどと、思ってもみなかった千鶴である。

「どうなんだ……求馬と一緒になる気持ちはないのか」

「……」

「わしはお前の父親代わりとして言っている。おまえの父親が生きていたら、もうとっくに、どこかに片付けていたに違いないのだ。それを思うと、わしも、わしの目の黒いうちに、お前の嫁入り先を決めておきたいのだ」

「……」

千鶴は、酔楽の視線を外すように俯いた。

「千鶴、返事をせぬか……」

酔楽は強い口調で言った。

「おじさま」

千鶴は、その声に呼応するように顔を上げた。

「私、求馬さまを頼もしく思っています。求馬さまのような方がずっと側にいてくださったらと思います。でも……」

「でも何だ」

「わたくしは医者です。父から譲りうけた桂治療院を守っていかなければなりません」

「それがどうした」

「……」

「守っていけばいいじゃないか。独り身を通しても、所帯を持っても、お前が医者であることに変わりはないのだ。お前はこの江戸で唯一の女の医者だ。その貴重な存在を大切にせねばならぬよ。求馬だってそれは分かっている筈だ。この江戸で第一の女の町医者としてやっていけばいい」

酔楽は満足げな顔で言った。

——しかし……。

千鶴の頭の中では、旗本の妻としてそんな事が許されるのかという不安がある。そんな話は聞いたこともないし見た事もない、想像もできない話だった。

——夢の話だ……。

と千鶴は、酔楽の言葉を混乱した顔で受け止めた。

五

両国橋の西側にある米沢町には、薬種問屋や絵具屋も他の町よりも多いように思える。

また白粉屋《おしろいや》や鬢付《びんつ》け油などを売る店も近頃は繁盛している様子だが、おつるの店の差し向かいにある紅白粉の『京屋《きょうや》』は、格別の人気がある。

紅も白粉も化粧水もすべて京のもの、つまり下りものというので、値段も張るのだが、若い娘たちの姿がみえない時刻はない。店が開いている間はいつだって客がいる。

隣にしるこ屋があるというのも娘たちには喜ばれているようで、今日も町娘や、武家の娘たちが大勢立ち寄ってしなさだめをしているのだ。

『眉墨《まゆずみ》は東山《ひがしやま》』『化粧水は京しずく』『白粉は北白川《きたしらかわ》』『紅は玉紅梅《ぎょくこうばい》』などと、店の軒下には半紙に大書して何枚もぶら下げてある。

もっともらしい名称の化粧品だが、京からの下りものということだけで売れるのだから、店は労力なくして利益を上げている模様だ。

「先生、これどうかしら」

なんと、店先の客に交じって、往診帰りの千鶴とお道が立ち寄っていた。

お道は、紅を貝に入れた玉紅梅を手にとっている。

「私はいい、お道っちゃん、買いなさいよ」

千鶴も手にとってはいるがじっくりと吟味《ぎんみ》する状況には無い。差し向かいの花井の表に、ちらりちらりと視線を流している。

それというのも、二人がこの店に立ち寄ったのには、理由があったのだ。

おつるの店は、昼も過ぎて七ツ（午後四時）にもなろうかという時刻なのに、表は閉まったままなのだ。

「みなさん、お集まりくださいませ」

その時、店の中から大きな声が聞こえてきた。

店の売り子の女が、客を手招いているのだった。

売り子は美しい着物に白い胸当て前掛けをしている。清潔感あふれる姿で、しかも朱の襷《たすき》を掛けて色っぽさも演出している。そして、座った膝前には、ひととおりの化粧品を並べているのだった。

娘たちはざわめきながら、売り子の前に集まった。

「先生、ちょっとだけ……」

お道も興味しんしんで、引きずられるように娘たちの中に加わった。

千鶴だって気持ちは引かれるが、おつるの店が気になる。そっとみんなの後ろから中を覗く。

「さて皆さん、どなたか前においで下さい。皆さまの前で、私が美しくお化粧をしてご覧にいれます。皆さんは、それを参考になさって、京屋のお化粧を使ってご自分でためしてみてくださいませ」

売り子の娘が皆に呼びかけた。

なにしろこの売り子が、そんじょそこらにいないような美しい娘である。色は白く、首はすっと伸びて、目鼻も整っていて、言葉を発する唇の可愛らしいことといったらない。

この娘をひと目見るだけで、この京屋の化粧品を使えば、あのように美人になれるのかと錯覚を起こしてしまいそうだ。

「さあ、どなたか……」

売り子の女がお客を見渡した時、

「ではあたしが……」

なんと前に出たのは、五十もとっくに過ぎたと思われる皺《しわ》だらけの初老の女だった。

身に着けている物は上等な品だから、結構な暮らしをしているお店《たな》の女房かと思われるが、もはやなんとも痛ましい顔になっている。

娘たちの間から失笑とざわめきが起こった。ところが、

「よろしいですよ。お年を召していても、お化粧のしようによっては五歳は若くなりますからね」

と売り子が言ったものだから、また娘たちは驚きの声を上げた。

売り子は、初老の女を皆に見えるように座らせると、

「さて、皆さんはお化粧をどうやって落としていますか。お湯でごしごし、そんな事をしていませんか……。お肌を傷めずに白粉を落とすには、まず手ぬぐいをお湯に浸して軽くしぼり、それを顔に当てて皮膚をほぐします。ほんわかってあったかくなったところで、糠袋《ぬかぶくろ》を使って落としながら皮膚を引き締めていきます……」

売り子は実際に、初老の女の顔に糠袋を当てて実演してみせる。

「優しく優しく……下から上へ、下から上へ……皆さん、間違っても、特に、お歳を召した方はお間違いのないようにして下さいね。うっかり上から下へ、上から下へとやってしまうと、頬は垂れてしまいますよ」

どっと笑いも誘うのである。そして、次に化粧水の付け方を実演し、その上に白粉を塗る実演をやりながら、

「さてこの白粉……みなさま、近頃安く手にはいる、パッチリとかいう擬白粉《まがおしろい》がありますが、こちらの北白川はパッチリとは違って、格段に粉が細かくて滑らかで、しかも鉛《なまり》の成分が少なくなっておりますよ。それはなぜかと申しますと、この北白川は、精製する時に幾度も幾度も水に融《と》いて、重い荒い部分を沈殿《ちんでん》させて上澄みの細かい部分だけを採っております。これが上質の白粉の所以《ゆえん》です。パッ

チリなどは、沈殿した荒いところを採ったものですから価格も安く鉛も多く、けっしてお肌にも体にもよくありません」

娘たちの驚いた声がざわめきとなる。もう娘たちは、この京屋の北白川という白粉のとりこになっているようだ。

お道はもちろん、千鶴も熱心に聞き耳を立てている。

「さて、次は眉の描き方をお教えいたします。眉ひとつで美人に仕上がるか否か、それほど大切です。いいですか、眉は太くても細くても見苦しいものです。目と眉との間隔にも注意をして下さい。そして眉の引き方は、遠いかなたの山の稜線《りようせん》のごとくに描きます……」

これればかりは初老の女の顔に描くことは出来ないと思ってか、手元にあった半紙を取り上げて、それに筆で描いてみせる。

娘たちは感心して頷き、ちらと隣の娘の眉を覗いたりしている。

千鶴も、ふと自分の眉に手をやったが、その手が止まった。

視線はおつるの店の前に釘付けになっている。

それもその筈、たった今、閉まっていた板戸が開いたのだ。

「お道っちゃん」

千鶴はお道の背中に呼びかけた。

二人がおつるの店先を注視する。

間を置かずしておつるの店から出て来たのは、どこかで見たことのあるようなお店者だった。

初老の男で、茶の地に黒の細い縦縞《たてじま》の着物と羽織を着ている。どこかの店の主か番頭だろうと見当がついた。

店の戸は男を外に出すとすぐに閉まった。まるで早く帰ってくれといわんばかりの閉めようだった。

――困ったものだ……。

男はそんな苦々しい表情で店の表を一度振り返った。だがすぐに、腕を組み、考えながら千鶴たちがいる白粉屋の前を通り過ぎて行った。

「先生、思い出した！」

お道が声を上げた。

「あの人、小間物屋の成島屋さんの番頭さんじゃありませんか」

「成島屋の……」

と言った千鶴も、はっと気付いたことがある。

いつの日だったか、成島屋の前を通りかかった時に、向かい側の店から成島屋をじっと見ていたのはおつるだったのではないか。

——成島屋とおつるとは、どんな関係があるというのか……。

千鶴は新たな疑念に首を捻った。

翌日のことだった。

診察を始めた千鶴のところに、豊島町《としまちょう》の番屋の小者だと名乗る男が、急いで柳原土手《やなぎわらどて》に来てほしい、南町の浦島の旦那の伝言だと言って来た。

「今すぐですか……」

千鶴は順番を待っている患者をちらと見て尋ねた。

すると小者は、人が殺されていて、その者の死因を検視してほしいのだという。

千鶴は頷いた。そういう事なら時を逸してはいけない。残りの患者の診察をお道に託し、千鶴は小者と一緒に柳原土手の河岸に向かった。

場所は新し橋《あたらばし》の下だった。

千鶴が到着した時、大勢の野次馬が土手や橋の上から役人の動きを追っていた。場所が場所だけに、その野次馬の数たるや数えきれない。

千鶴は、土手を下りて浦島に近づいた。

「これは千鶴先生、すみません」

浦島が申し訳なさそうな顔で迎えた。足元には菰《こも》を掛けた遺体がある。浦島は
それを十手で差して、

「診ていただけませんか。死体にそれらしい傷がないのです。死因を特定しかねています」

浦島は小者に合図して、死体にかぶせてある菰を取らせた。

「捨松さん……」

千鶴は思わず大きな声を上げた。

「知っているのですか」

驚く浦島に頷いて、

「捨松という人です。花井の女将のおつるさんとは幼馴染み、同郷の人です」

「なんと、あの女将と……」

浦島は驚いている。

千鶴は捨松の遺体の側に膝を落とした。

小者が、捨松の体を、あっちに向け、こっちに向けして千鶴に見せる。胸も着物の襟をはだけて見せるが、確かにどこにも切り傷刺し傷、打撲の跡はなかった。

だが千鶴は、捨松の口元に僅《わず》かに光っているものに気が付いた。乾いた吐瀉物《としゃぶつ》がこびりついたものだった。

はっとなって、捨松の股の辺りに視線をやった。

「失禁……」

言いながら、千鶴は捨松の手を取って指をひとつひとつ点検していく。

浦島たちが息を潜めて見守る中で、まもなく千鶴の手が止まった。

捨松の右手の人差し指を、千鶴はじっと見つめたのち、帯の間から楊枝《ようじ》を一本取り出した。そして捨松の人差し指の爪と身の間をすっと掻き、なにやら小さなものを掘り出した。

「人の皮膚ですね、これ……」

千鶴はそれを、自分の掌に載せて浦島に見せる。

「皮膚?……」

浦島は怪訝な顔で訊き返す。

「そう、皮膚です。捨松さんはここで誰かと争ったようです。そして口を塞《ふさ》がれて殺されたようです。つまり窒息死が考えられます。この皮膚の破片は、その時に相手を引っ掻いた、つまり懸命に抗った証拠ですね」

「争ったのちに口を塞がれたのか……」

「口元の吐瀉物も失禁したのもそのせいでしょうね」

そういえば、と浦島は辺りを見渡した。猫八も、

「確かに、草が踏みしめられておりやすね」

かがんでその辺り一面を指さして言った。

「体の硬直状態から考えると、殺されたのは昨夜だと思われます」

千鶴は、懐から懐紙を出して採取した皮膚のかけらを包むと浦島の手に渡した。

「千鶴先生、恩にきます」

浦島は大げさに礼を述べた。

するとそこに、初老の男が河岸に下りて来た。

「爺さん、先ほどはすまなかったな。どうだい、少し何か思い出してくれたのかい」

猫八は訊いた。

「いや、あれ以上のことは何も……」

爺さんは、それを伝えようと、もう一度やって来たのだと言った。

「この人は……」

千鶴が訊く。

「この爺さんはこの橋の向こう側で酒の屋台を出しているんだ。昨夜五ッ頃に、ここで男三人がもつれあっていたのを見たというんだが、人相風体など覚えてねえというものですからね、それで、もう一度よおく思い起こして、何でもいい、思い出してくれねえかと頼んでいたんです」

猫八は説明した。

爺さんは猫八の言葉に頷いたが、

「あの時、じっと店を動かさずに見てれば良かったんですが、お客が少なかったものですから、柳橋《やなぎばし》の方に移動したんでございやすよ。若い者が酔っ払ってふざけて摑みあうなんて事はよく見る光景ですから、あまり気にも留めませんでした。ですから、三人がその後どうなったか見ていねえんです。へい、お役に立てなくて申し訳ございやせん……」

爺さんは律儀に頭を下げる。

「いいってことよ、気にしねえでくれ。すまなかったな」

爺さんは猫八の言葉を貰うと、土手を上がって野次馬の方に向かって引き返して行く。

その背を無念な気持ちで一同は見送ったが、

「！」

千鶴は、野次馬の中に友次郎を見つけた。

友次郎も千鶴に気づいたようだ。

「友次郎さん……」

千鶴が土手に向かって歩もうとしたその時、なんと友次郎は慌てて野次馬から姿を消した。

「！……」

千鶴は土手を駆け上がった。

だが、友次郎はもうずっとむこうを逃げるように走って行く。

「……」

立ち止まって見詰める千鶴の背後から、浦島が近づいて来て言った。

「どうかしましたか、先生……」

六

殺された捨松の住まいが判明したのはその日の夕刻だった。

先日五郎政が、根岸の酔楽の家から捨松を送って行ったことを思い出した千鶴が、五郎政に問い質したところ、やはり捨松の住まいまで送って行っていた事が分かったのだ。

すぐさま浦島と猫八は、五郎政の案内で捨松の住まいに向かった。

場所は馬喰町《ばくろちょう》の古い裏長屋で、この辺りでは特に身内のいない老人や、日傭《ひよう》取《とり》たちが住む場末の長屋だった。

浦島たちが長屋に到着した時には、木戸の内は丁度夕食の支度に大わらわで、子供は路地を走り回り、女たちは井戸の周りでなにやら忙しそうに大根など洗っていた。

捨松の家は、木戸を入って通路の右側、中ほどにあった。

「ここだ」

五郎政が浦島に言い、猫八が戸を開けた。

いっせいに井戸端にいる女たちの目が注がれているのが分かった。

土間に入ると、竈《かまど》には鍋が掛かっているのが目に入った。

猫八が蓋を取った。中には雑炊が入っていた。

台所には安物の茶碗と湯呑、箸に皿が一人前ずつ、それにざるもひとつ伏せてある。

板の間には、薄縁《うすべり》の布団が一枚、冬を迎えようというのに、まだ火鉢《ひばち》七輪《しちりん》も購入した形跡はなかった。

「こんな貧しい暮らしをしている男をなぜ殺した……」

猫八が殺風景な部屋を見渡した。

「旦那、捨松は大金を持っていましたぜ」

五郎政は言った。

「大金……一両か、二両か」

猫八は、部屋の中をぶらぶらと歩いて見渡しながら尋ねた。

「二十五両です」

五郎政の言葉に、猫八ばかりか浦島もまさかっといった顔で絶句した。

「うちの親分に熊の胆を売った金ですよ。あの日、俺は一人でここに帰すのが心配で送ってきたんですから……」

浦島と猫八は、弾かれたように部屋の破れた壁の中や、小さな行李《こうり》の中などひっくり返して金を探す。

五郎政は畳んでいる布団を捲《まく》りあげて声をあげた。

「これだ……」

そこには鼠色《ねずみいろ》の小さな風呂敷包が見えた。だがその風呂敷には何も包まれてはいなかった。

「確かに金はこれに包んでいた筈だが……」

五郎政は、風呂敷を手に首を捻る。

「すると何か、捨松という男は、この金のために殺されたというのか……」

猫八が言った。

「いや……」

五郎政は首を横に振ると言った。

「捨松は大金を握ってまだ数日しかたっていねえ。田舎から出て来たばかりで知り合いもいねえ。博打《ばくち》をするような男でもねえんだから、金をめあてに殺される理由はねえ」

そう言いながら、五郎政は捨松が可哀想になった。

あんなど田舎から、おつるを案じて江戸くんだりまで出て来た捨松が、おつるに邪険に追い返され、あげくの果てに小判一枚も使う暇もなく殺されるとは、なんとついてない男だと思ったのだ。

自分もご同様の片田舎から出て来た五郎政には、捨松殺しは他人事《ひとごと》ではなかった。

——ちくしょう、誰が殺《や》ったんだ……。

五郎政は怒りに任せて呟くと、捨松のいなくなった部屋を見渡した。

「あの、もし、お役人さま、捨松さんに何かあったんでございますか」

先ほど井戸端にいた女房たちが、土間に入って来た。

「捨松は殺されたんだ」

猫八の言葉に、皆、驚愕《きょうがく》の声を上げて顔を見合わせた。

「もうすぐここに捨松を運んでくる段取りだが、新し橋の下で男二人に襲われたようだな」

「男二人？」

猫八の説明に早速女房の一人が訊き返した。

「何か知っているのか」

浦島が訊く。

「はい、そういえば、昨日の七ツ頃だったか、男が一人捨松さんを呼びに来ましたのさ」

女房は、口から泡を飛ばして言った。その顔には恐ろしいことに出くわした時のような色が浮かんでいる。

「何、その男は捨松の知り合いか」

「とんでもない」

女房は強く首を横に振って、そばの女房と頷き合ってから、

「初めて見た男です。第一捨松さんはここに来て、まだ一月とたっちゃいないよ。あんな遊び人とは関係ない人さね」

「遊び人だったのか」

「ああ、ここにビードロのかんざし挿した、やな奴さ」

「ビードロのかんざしを……」

猫八が訊き返す。

「そう、あれはビードロだったよ。それでさ、おめえの事をなつかしがってる、とかなんとか誘っていたよ。捨松さんは喜んでた。それで暗くなってからだったと思うけど、出かけて行ったんだ。ところがそれっきり帰ってこねえんだもの」

他の女房と頷き合う。

するとまた別の女房が後を継いだ。

「あたしたちは、きっとどこかで迷子にでもなったんじゃないかって言ってたところさ。だってあの人、山奥から出て来たばっかりらしいからね、まだこの御府内が分かっちゃいないってボヤいてたもの」

するともう一人の女房も言った。

「ここに引っ越して来た時さ、右も左も分からないから、よろしく頼みますって、みんなに蕎麦を配ってくれて、ちょっと見た目は、ぼやっとしてるみたいだったけど、根は純情で、いっぺんに長屋の者たちに好かれていたんだよ」

口々に女房たちは訴えるように言う。

するとそこに、戸板に乗せられた捨松が運ばれて来た。

「捨松さん！」

「いったい何があったんだよ！」

女房たちは捨松の遺骸《いがい》に縋って声を上げた。

騒動を聞きつけた大家が走って来た。

「なんともまあ……お気の毒なことです。私が後ろ盾となって口入屋《くちいれや》に仕事斡旋《あっせん》を申し込んだばかりでしたのに……」

長屋の者たちは皆泣いた。

浦島と猫八はそれで引き上げたが、五郎政は残った。酔楽から命を受けていたのである。

「知り合いも親戚もこの江戸にはおらぬだろう。せめてお前が見送ってやれ」

酔楽はそう言ったが、それは杞憂《きゆう》に終わった。

長屋の者たちが直ぐに家にとってかえし、ささやかな香草を持ちより、捨松は皆に惜しまれて見送られたのだった。

翌日、浦島と猫八は、捨松が仕事を頼んでいた口入屋に足を運んだ。

馬喰町二丁目の口入屋で、主は三十そこそこの市兵衛《いちべえ》という男だった。

捨松が殺されたと告げると、

「おい、おい、おすず、ちょっと来ておくれ」

奥にいた女房を呼んだ。

「いやね、うちのかみさんが捨松さんの話を聞いてね、日傭取なんかで稼がなくても、得意だという竹籠作りで暮らしがなりたつんじゃないかって言っていたところでした」

市兵衛はそう言って、きょとんとしている女房に、捨松が殺されたことを告げた。

「まあ……」

女房は絶句して、

「あの人、あの歳でもおぼこでさ。話も上手ではなかったけど、この御府内の人たちは知らないような田舎の話を、ぽつりぽつりと話してくれて、ほんとに面白かったんですよ」

目を丸くして言った。

するとと今度は市兵衛が、

「そこに座って、何が出来るかと聞きましたら、熊撃ちや竹の伐採、竹籠作りに草鞋《わらじ》づくり、いろいろと面白い、珍しい話をしてくれましてね」

「ほう、山の話をしていたのか……」

浦島も興味深そうな目で訊いた。

「はい……」

主は頷いて、捨松と交わした話を語ってくれた。

市兵衛が捨松を店の帳面に載せたのは半月前だ。馬喰町の大家が後見になるというので引き受けたのだ。

市兵衛は時には、江戸者でない者も引き受けている。

例えば馬喰町には公事宿《くじやど》が多数あって、地方や田舎から公事のために長逗留《ながとうりゅう》する人は大勢いる。

その人たちが滞在する費用は、個人持ちでなければ、例えば村の積立金などを握って滞在している訳だが、訴訟《そしょう》は一月や二月で終わることはない。

長いものなら一年二年と続くわけで、その間の滞在費を賄う金を持っているかというと、なかなかそうもいかない。

そこで、江戸に滞在しながら、その間に日傭取などやって金を稼ぎ、それを滞在費に当てたいと考える者も出て来る。

そんな人たちを、市兵衛は内々に帳面に上げ、適当な仕事があった時には世話をしてやっている。

捨松にしたって、勝手に江戸に出て来た男で、確たる請け人がいる訳ではなかったが、善良な男だと大家から頼まれて受ける気になった一人だった。

果たして捨松は、大家の言った通り、欲のない、邪心のない、純朴な男だった。

何が出来るのかと聞いた市兵衛に、捨松は山の奥で暮らしていた頃の日常を語ったのだ。

特に市兵衛が興味を持ったのは、熊撃ちの話だった。

「雪の舞う寒い頃に冬眠している熊を狙ったようです。何人かで組みましてね、熊の穴の前で陣を張って火縄銃を使うのです。確実に殺さなければこちらがやられる。捨松さんのお爺さんは、撃った熊を穴から引き出そうとして襲われたそうです。完全に死んだのか、穴の中に他の熊はいないのか、それを見定める長い時間の緊張は尋常ではないと話しておりました」

市兵衛は言った。

「熊の胆を採るのだな」

浦島が相槌《あいづち》を打つ。

「そのようです。むろん肉も干し肉にして、冬の間の食糧にしていたようです」

市兵衛の説明に、女房が付け加えた。

「私が感心したのは、山の皆さんは、むやみやたらに熊を獲ったりしないんです。必要な時に必要なだけ獲る。小熊は殺さない。それを聞いて、この江戸で暮らしている人たちの贅沢《ぜいたく》を、つくづく反省させられました。それにね……」

女房が膝を前に進めてきた。

「竹の伐採から、籠を編むためのひごづくりなど、女の私が聞いても面白い話ばかり……。それでこの近所の女たちで、捨松さんに籠の編み方を教えてもらおうかって話になってたんです」

残念そうな顔で言った。

どの話も、捨松の純で素朴で良心溢《あふ》れる話ばかりで、捨松がならず者と喧嘩をしなくてはならないような話ではなかった。

「ひとつ聞いておきたい事があるんだが……」

浦島は、思案顔で訊いた。

「捨松が大金を持っていたのは聞いているか……」

「いえ、知りません」

市兵衛は、首を横に振った。

「私たちが聞いているのは山の話です」

「ふむ……」

「ただ」

市兵衛は言葉を切った。言うか言うまいか考えている。

「何だね、話してくれ」

「はい、あまりこの話も関係ないとは思いますが、谷ひとつ隔てた一家が、野分のあった数日後に山から姿を消した。しかも野分の日に宿を乞うたお坊さんが死体で見つかったこともあって、捨松さんはその一家にも何か悪いことが起きているんじゃないかって、ずっと心配していたと言っていましたね。でもこの江戸で、その一家の娘さんに会った。嬉しかったと話してくれましたが、その割には哀しそうな表情をしていましたから、気になっていました」

市兵衛はそう言った。

七

「あれ、お道っちゃん、きれいになったんじゃないか……」

開口一番猫八は、若い大工の腕に包帯を巻いているお道の顔をちらりと見て言った。

お道は、いつになく念入りに化粧をしている。

「いやな猫八さん、私だってお化粧ぐらいします」

お道は、おちゃめな視線を返した。

「そうだよ、千鶴先生も美人なら、お道っちゃんも美人だよ。だからおいらはここに来るんだ。腹痛だって風邪だって、二人の顔を見ればいっぺんに治ってしまうんだ」

包帯を巻かれていた若い大工が言い、ちらと気のある視線をお道に投げた。

「いっぺんで治るんだったら、お前さん、その腕の傷、何度ここに通って包帯を巻いてもらってるんだい……」

腹這いになって腰に湿布を当てているおとみが言った。

「ちぇ、やなことという婆さんだ」

若い大工が頰を膨らませた。

診察室は明るい笑いに包まれた。

「それはそうと、猫八さん、こんな時間に現れるなんて、何か困ったことがあるんでしょ」

お道は、若い大工が部屋を出て行くと猫八に言った。

「お道っちゃんにまで顔色読まれるようになったら、あっしもお終いだね」

猫八は一つため息をついてみせると、

「実は行き詰まっているんですよ、千鶴先生……」

力のない声を出した。

「誰が何のために捨松を殺したのか見当もつかねえんで……手がかりといえば、捨松の長屋にやって来たという遊び人風の男、それだけですからね」

捨松はまだ江戸に来て日も浅く、親しくしていた者も限られている。

ただ、二十五両も持っていたというから、捨松殺しは金目当てということも考えられる。

大金が長屋に残っていなかったことを考えると、捨松が外に持ち出した事になるのだが、そうなると、どんな理由で捨松は持ち出したのか、全財産だっただけに不可解だ。

「浦島の旦那は今度こそという思いでいるんだが、そういう訳でどうもうまくいかねえ。焦る気持ちをもてあまし酒に走ってしまって二日酔いで寝ているんでさ。まったく、いい年して後先考えねえから困ってますよ」

猫八は愚痴《ぐち》る愚痴る。

「猫八さん、捨松さんを呼び出した人、名前とか人相とか、何も分かっていないんですか？」

千鶴が訊いた。

「へい。分かっているのは、かんざしを挿してたっていうことぐれえですがね」

「かんざし……まさか、ビードロ……」

「えっ、ご存じですか」

猫八は、魂消《たまげ》た顔で千鶴を見た。

「先生、あの男ですよね。おつるさんがお客に水について弁明していた時の、あの用心棒……」

お道が言った。

「用心棒だって……おつるの？」

「ええ」

お道は、その時の様子を掻い摘んで猫八に話した。

「とすると……その用心棒の雇主は、あの向嶋の料亭でおつるの取り合いをして喧嘩をした雑穀問屋半田屋庄兵衛かもしれねえな」

「……」

千鶴は思案の顔になった。

半田屋庄兵衛が捨松を狙うだろうかと思ったのだ。

庄兵衛が殺したい程憎んでいるのは、深川の油問屋の若旦那ではないか。

第一庄兵衛と捨松の接点は無い。今の所そんな話は聞いていない。仮にどこかで二人が会っていたとしても、庄兵衛がおつると捨松の間を疑うことはまず無いだろう。

あの用心棒の男が捨松を呼び出したといっても、庄兵衛の意ではないだろうと千鶴は思った。

「先生、あっしはこれで……」

猫八は気持ちが落ち着かないのか立ち上がった。

「どちらに行くつもりですか」

「決まってまさ。半田屋を絞り上げてみます。向嶋の一件もある」

そそくさと猫八は帰って行った。

「……」

千鶴は、猫八が消えた庭の木戸をしばらく見詰めた。

捨松殺しに庄兵衛が噛んでいるとは思えないが、おつるが原因の事件に違いない。

先日おつるの店から追い出されるように帰って行った成島屋の番頭も、おつるの男の一人かもしれないのだ。

おつるを取り巻く乱倫な輪の中に、どれほどの男がいるのだろうか、千鶴はおつるの底知れぬ恐ろしさを感じている。

「先生……」

おとみが呼びかけた。

「おつるという女が、この間ここにやって来ていたろう……腹の子を堕ろしてくれって。ここだけの話だけどさ、あたしの知っている取り上げ婆がいうのには、下谷《したや》の子堕ろしの医者のところで堕ろしたそうだよ。口止め料として多額の金を積んだっていうんだが、水子の祟《たた》りがおそろしくないのかね」

その日の夕刻のことだった。

五郎政がやって来て、千鶴に往診を頼みたいというのだ。

「友次郎の奴が泥酔して意識不明なんでさ。今にも死んでしまうんじゃないかと心配で……」

五郎政の顔には不安の色が漂っていた。

「お道っちゃん、蒼朮《そうじゆつ》、茯苓《ぶくりよう》、桂皮《けいひ》、猪苓《ちよれい》、沢瀉《たくしや》」

「五苓散《ごれいさん》ですね」

お道は、薬簞笥《くすりだんす》から取り出す。

「先生、念のために黄連解毒湯《おうれんげどくとう》も用意しておきます」

ぬかりなく支度をするお道は、もう千鶴の立派な片腕だ。

素早く往診箱にお道が薬を用意するのを待って、千鶴は五郎政と友次郎が住むという横山町《よこやまちよう》二丁目の裏長屋に向かった。

「若先生、どうやらあいつは、ずっとおつるを遠くから見ていたようなんですよ。仕事もせずに、おつるの周りをうろうろしていたんです。あっしは、そんな恥ずかしいことは止めておけって言ったんですが、気づかれたら余計に嫌われるぞってね。ですが、俺の言うことなんざ聞きやしねえ。もうつける薬もねえ馬鹿なんです。ですが、放っておくこともできねえ。考えてみりゃ、たった一回手を握ってもらっただけで、あんなに狂っちまうなんて、かわいそうでなりません。

ですがこれだけは、あっしがどうもできねえ話ですからね、痛い目に遭《あ》うまでは分かるめえ、そう思って見ていたんです。そしたら使いが来て、来てくれっていうんで覗いてみたら、動けない程飲んじまっていたって訳ですよ。頰をひっぱたいてやりたい気持ちなんですが、まずは若先生に診ていただこうと考えやしてね」

五郎政は友次郎を気遣って、道々千鶴に訴え続けた。

果たして友次郎は、布団の中でうつぶせになって胃の中の物を吐き出していた。

「五郎政さん、お水、たらい、甕《かめ》に入ってなかったら、どんどん汲んで来て」

千鶴の指図に、五郎政は桶《おけ》を手に井戸端に走った。

すぐに井戸端にいたおかみさん連中が、なんだどうしたと家の中に入って来て、友次郎の有様に驚いて、てんでに手伝って汚れた衣服を替え、板の間の汚れも綺麗に片づけてくれた。

「すまねえ、すまねえ……」

死にそうな泣き声を上げる友次郎に、

「いいんだよ、今までおっかさんの看病で苦労したんじゃないか。みんな感心して見てたんだよ。辛いことがあったんだよね、友次郎さん」

長屋の女房たちは、少しとんちんかんな慰めを言い、帰って行った。友次郎の醜態は、女に惚れて狂った末の二日酔いだとは知らないようだ。

千鶴はすぐに薬を飲ませた。

「落ち着いたらお食べよ。おかゆだからね」

すると程よい頃に、先ほど世話をしてくれた女房の一人が粥を運んでくれた。

「馬鹿な奴だ。何もおつるだけが女じゃねえ、器量だってなんだって、おつるよりいい女はいくらでもいるのに……あの女は食わせ者だ。俺はあの女の本当の顔を見ているんだ。みんなが考えているような柔《やわ》な女じゃねえ」

五郎政は険しい声で言いきった。

「五郎政さん、おつるさんの本当の顔って……」

「若先生、あの時の話でよ。捨松が熊の胆を売りたいというので根岸に連れて行ったことがあったでしょ……」

五郎政は、友次郎を連れて花井のおつるの顔見たさに茶漬けを食べに行ったこと、そこに捨松が現れて、おつるに邪険にされた事など、まだ話してなかったおつるの顔を千鶴に告げた。

千鶴は驚いていた。

「五郎政さん、その時捨松さんが邪険に扱われたのは、ひょっとして秋葉山の山の中での暮らしを口に出したからかもしれませんね」

「若先生……」

五郎政は、顔色を硬くして千鶴を見た。

「実はあっしも、捨松が殺されたと聞いた時、あの時の光景が浮かんだんですが、まさか田舎の話を出したからと言って、そんな事で殺すだろうかと思ったんです」

「ええ……」

千鶴もまさにそこで立ち往生しているのであった。

「すまねえ政さん……先生まで申し訳ねえ」

友次郎が目を開けて言った。

「少しは良くなったらしいな」

「まだ頭は痛いが、吐き気は無くなりやした」

「おめえは、加減というものをしらねえのか。何度も千鶴先生に迷惑かけることになって、馬鹿野郎」

五郎政が叱った。

「……」

友次郎は返す言葉もない。反省の色で顔を染めて苦笑している。

「友次郎さん、ひとつ聞きたいことがあるんですが……」

千鶴の言葉に、友次郎の目が泳いだ。

「捨松さんが殺された場所に集まっていた野次馬の中に、友次郎さん、おりましたよね」

「……」

「私と目が合って、逃げたでしょう……何故？」

「……」

友次郎の表情が突然険しくなった。

「おい、どういう事なんだ、今の話だ。なぜ千鶴先生と目が合って逃げるんだよ」

友次郎は顔を背《そむ》けた。

「友次郎さんは捨松さんが殺されたことで、何か知っているのではありませんか……」

「……」

「捨松さんは呼び出されて殺されました。呼び出したのは、おつるさんも知っている男です。ひょっとしておつるさんが関係してるんじゃないのかと……」

「知らねえ、知らねえ、知らねえよ」

友次郎は、千鶴が皆まで言う前に、布団を顔に被って耳を塞いだ。

「この野郎、友次郎！」

五郎政が布団を剥いだ。

「ちゃんと答えろ！」

「知らねえよ」

「おまえはずっと、あの女将のまわりをうろうろしていたんじゃねえのか」

「……」

「もし何か知っているのなら言うんだ」

「だから、何にもないって……おつるさんは、そんな人じゃねえよ」

友次郎はそう言うと、また布団を五郎政の手から奪い返して頭に被った。

「しょうがねえ野郎だな……」

五郎政の愚痴るのを聞きながら、千鶴は友次郎の態度の変化に気付いていた。

千鶴の頭の中で、おつるへの疑惑がいっそう膨れ上がった。

八

「これがいいかしら……」

千鶴は、取り上げた紙入れをお道に見せた。

「あら、先生、とてもいい」

お道は、千鶴の手から取り上げる。

紙入れは縮緬《ちりめん》の生地《きじ》で出来た友禅染《ゆうぜんぞめ》、御所車《ごしょぐるま》が描かれた美しいものだった。

「気にいっていただけて光栄です。桂治療院の千鶴先生の噂はこの店の者たちも聞いております。お包みしましょうか」

店の手代は愛想よく言い、頭を下げた。

二人は今日は大伝馬町の小間物屋『成島屋』にやって来ている。

偵察のために店の中に入ってみたのだが、二人の耳朶《じだ》には、先ほどから女の子の手毬歌が聞こえていた。

「ひいやふうや　みいやようや　いつむうななやあ　ここのつとう　手まりころ

げて
店の表で、あの女の子が手毬をついているのだった。

どこへ行く……」

「あのお子さまは、こちらの……」

千鶴の問いに、

「はい、こちらのお嬢さんです。おちよさんともうします」

と手代は言った。

千鶴は笑顔で相槌を打った。

この成島屋は、千鶴が調べたところでは、店をここに開いたのは先代の喜兵衛《きへえ》という男で浜松の出だ。

今の主は二代目で喜兵衛を襲名していて、内儀は日本橋の雪駄《せった》問屋の長女でおくにという。

おちよはその二人の、長女だというのだが、おちよの下には四歳の男児がいるようだ。

成島屋の内儀は、娘のおちよには大変厳しいという噂がある。

その原因が、亭主には女がいて、おちよはその女の腹から生まれたのだと憶測する者もいるらしい。だが喜兵衛には、女はおりそうにもなかった。

そして千鶴が最も気にかけているのは、番頭の源兵衛《げんべえ》だった。

この者も出自《しゅつじ》は浜松で、所帯を持って店の近くの仕舞屋《しもたや》で夫婦二人で暮らしている。

先代の時からの奉公人で、もう五十は超している筈だが、そんな初老の男とおつると、どういう関係なのかと、関心はそこにあった。

「江戸の名物　火事に喧嘩　伊勢屋に稲荷《いなり》に　犬の糞《くそ》……」

手代に代金の二百文を支払いながら、おちよの歌を聞いていた千鶴とお道は、突然途切れた手毬歌に、顔を見合わせた。

「ごめんよ」

なんとおちよは、襟首を浪人に摑まれて入って来たのだった。

「お嬢さま！」

手代が叫んで、走り寄った。だが、その手代を突き飛ばして浪人は言った。

「この娘は、わしの刀に毬をぶつけたのだ。主にひとこと謝ってもらわねば腹の虫がおさまらぬ。言うまでもないが、刀は武士の魂だ」

「ぶつけたのではありません。飛んで行ってしまったんです」

おちよは怯《おび》えながら言った。

「黙れ！」

浪人の一喝《いっかつ》で、おちよは泣きだした。怖くて声を出さずに泣いている。

するとそこに、奥から番頭が走り出て来た。あの、おつるの店花井から押し出されるように出て来た、初老の男だった。名は源兵衛と分かっている。

源兵衛は土間に下りると、素早く懐紙《かいし》に包んだ物を浪人の袖《そで》に滑り落とした。

「申し訳ございません。どうぞ、これでご勘弁下さいませ」

浪人は、片方の手を袖に入れてまさぐった。金の多寡《たか》の見定めをしているのは明らかだったが、

「わしを愚弄《ぐろう》するか！」

包を掴み出して源兵衛の胸に投げつけた。

金一分が土間に転がり落ちた。

「お待ちくださいませ。今一度お待ちを……」

両手の掌を見せるようにして手を振って謝る源兵衛に、

「黙れ、許さぬ！」

おちよを源兵衛の前に突き放して、刀の柄《つか》に手をやった。

「お待ちください！」

千鶴が立ち上がった。そして、するりと源兵衛とおちよを庇って前に出た。

「子供の手毬が当たったぐらいで、あまりに無体ではありませんか」

「女のくせに、退《ど》け……」

「退きません」

「何！」

「一部始終を見ていた者として、黙ってはおられません。あなたさまにも子供の頃はあった筈……幼い頃に手毬をついて、ふいに予期せぬところに飛んでいくなんてことは誰でも経験することです。違いますか……」

「……」

千鶴のあまりの気迫に浪人は勢いをそがれたようだ。

「ましてあなたさまがお子をお持ちなら、なおさら、お分かりになられるのではございませんか……」

「！……」

「どうぞ、許してあげて下さいませ」

浪人がひるんだところで、千鶴は浪人に頭を下げた。

その機を逃《のが》さないように、源兵衛が新しい包を差し出した。

「どうぞ、ご勘弁を……」

包の様子から、小判が包んであるのは一目瞭然《いちもくりようぜん》、

「ふん」

浪人は鼻を鳴らすと、源兵衛が差し出した包をわしづかみにして、店の外に出て行った。

「お嬢さん！」

手代が叫んだ。

おちよが気を失って倒れるのを、源兵衛がかろうじて抱き留めた。

「お道っちゃん、気付け薬を……」

千鶴はきりりとした声を発した。


おちよは急いで奥の部屋に運ばれて寝かされた。千鶴が気付け薬を嗅がせると、すぐに気が付いた。

「おちよお嬢さん」

源兵衛が声をかけると、おちよは源兵衛の顔を認めて、

「源兵衛……源兵衛！」

おちよは起き上がって源兵衛の胸に縋りついた。

「大丈夫ですよ、お嬢さん、もう大丈夫です。お医者さまもいて下さいます、ご安心なさい」

源兵衛は孫でも抱き留めるようにしっかりと胸に包んだ。

「おちよ！……」

するとそこに主の喜兵衛が入って来た。

喜兵衛の後から女房のおくにも入って来た。

「いったい、どうしたというんだね」

喜兵衛は源兵衛から事情を訊いた。その間にも、源兵衛にしがみついているおちよの背中を撫でている。紛れもない娘を案じる父親の姿である。

だが一方のおくには、冷めた目でこう言った。

「だから言ったでしょう。表で手毬をついては駄目だって。お前は、おっかさんのいう事を少しも聞かないんだから」

「まあそういうてやるな。無事でなによりだ。出先から帰ってきたら手代が青い顔で、おちよさんが、おちよさんがと告げるものだから、肝《きも》を冷やしました」

「旦那さま、こちらの先生のお蔭です」

源兵衛が喜兵衛に千鶴を紹介した。

すると喜兵衛は、

「恩にきます。まさか桂先生に手当てをしていただくとは、おちよもついてました。これからもよろしくお願いします」

丁寧に頭を下げた。ところが、内儀のおくには、この時も冷めた目で千鶴に会釈を送って来ただけだった。

おちよは、父の胸にも、母の胸にも行こうとはしなかった。源兵衛の胸で大人の話を聞いている。

「やれやれ、これでは先が思いやられます。おちよ、今後はおっかさんのいう事を聞くのですよ、よいですね」

おくには立ち上がって部屋を出て行った。

主の喜兵衛も部屋を出て行くと、源兵衛は下女中を呼んだ。

そしておちよの髪の乱れを直すように言いつけると、千鶴とお道を店の外まで見送りに出て来た。

「改めてお礼にお伺いいたします」

腰を折った源兵衛に、千鶴は言った。

「源兵衛さん、実は私、源兵衛さんにお聞きしたいことがありまして、お店をお訪ねしたのです」

今尋ねるべきか、先ほどからずっと迷っていたのだが、やはり一刻も早く聞いてみたい、その衝動にかられていた。

「私に……」

源兵衛は怪訝な顔で訊き返した。

「失礼なことをお聞きするとは思いますが、急を要します」

千鶴はそう前置きして、十日ほど前に、茶漬け屋花井から出て来たところを見受けたが、あそこの女将とは長い付き合いなのかと聞いてみた。

源兵衛は俄《にわ》かに厳しい顔つきになった。口を閉ざして答えそうにもない。

「実は私はおつるさんとは知らない仲ではございません。おつるさんがこのお店の外で遊ぶおちよちゃんを、じっと見詰めていたことも見ております。そのおつるさんの古い友達が、一昨日《おととい》、殺されましてね、私も少し調べているのです。まさか番頭さんがおつるさんと男と女の仲などとは思えないのですが、あの日、あの店から出て来た時の険しい顔が気になって……」

「あの……」

源兵衛は千鶴の言葉を遮《さえぎ》ると、少しお待ちくださいと言い、いったん店に入った。

出て来た時には、紺の前垂れを外して巾着《きんちゃく》を手にしていた。

「ここではなんですから……」

源兵衛は先に立って歩き始めた。

千鶴は頷くと、お道と一緒に、源兵衛の後に従った。

黙々と前を歩く源兵衛の背は疲れたように見えた。

源兵衛は、半町ほど先にある蕎麦屋に入った。

「御亭主、二階は空いているかね」

源兵衛は中年の蕎麦屋の亭主に尋ねると、

「お茶だけでいい、すまんな」

断りを入れて二階への階段を上って行った。

九

「どうぞ……お茶のお代わりがございましたら、大声で呼んで下さいまし」

蕎麦屋の主が三人にお茶を出して出て行くと、源兵衛は真剣な顔で言った。

「このことは、誰にも知られたくないことでございます。ですから、ここに来ていただきました。本当のところは、何もお答えしたくはなかったのですが、千鶴先生には先ほどお嬢さんを助けていただきました。それに、私がおつるさんの店を訪ねた事もご存じの様子。腹を決めて、千鶴先生にだけはうちの事情をお話しします。ただし」

源兵衛は、きっと千鶴を見て、

「このことは誰にもお話しにならないように約束して下さい」

厳しい顔で言った。

「承知いたしました。お約束いたします」

千鶴も真剣な顔で頷いた。

「まず、私がなぜ、おつるさんの店に行ったのか……それは、おつるさんに、成島屋の前に立たないでほしい、それを伝えるためでした」

源兵衛は言った。

「成島屋と、おつるさんとの間に、何があるのですか」

じっと源兵衛の顔を千鶴は見る。

「おちよお嬢さんは、おつるさんが産んだ娘なんです」

「……」

千鶴は驚いた目で源兵衛を見た。

店の前で手毬をついていたおちよを、じっと見つめていたおつるを見た時から、何かあるなとは思っていたのだが――。

「すると、成島屋さんとおつるさんは随分前から……」

「はい、それはこういう事情でございます」

源兵衛は事の次第を話した。

それは今から七年前のことだ。成島屋の先代が亡くなって、今の代になってすぐのことだった。

源兵衛は浜松に久しぶりに帰った。浜松で奉公人を探すためだ。

先代も自分も浜松の出だ。他所《よそ》から奉公人をという考えはなかった。

というのも、今この御府内で名だたる大商人は、皆奉公人を自分が出た所から連れてきている。

伊勢屋にしたって越後屋《えちごや》にしたって、この江戸で奉公人を雇うのはまれだ。成島屋もそれにならって、出来るだけ奉公人は地元でと考えていた。

源兵衛は兄の家を根城にして、かねてより連絡を受けていた奉公人の選別にかかっていた。

ある日のことだ。

出先から帰途についた源兵衛は、浜松城下で人気の水茶屋に立ち寄った。

そこでおつるに巡り合ったのだ。

愛くるしく人懐こいおつるに、源兵衛は一目ぼれした。といっても、男と女の、という訳ではない。

身代を継いだ成島屋の若い夫婦の世話をさせたらと考えたのだ。

おつるは誘いにすぐに乗った。江戸に出られるというのが第一の理由らしかった。

それで、浜松を立つ日、源兵衛はおつるを連れて江戸に戻ってきたのである。

案の定おつるは主夫婦も気に入ってくれ、すぐに成島屋の上の女中として奉公をすることになった。

ところが……。

源兵衛はここまで話すと、冷えたお茶を喉に流した。そして困った表情を作って言った。

「半年も経たないうちに、おつるは旦那さまと出来てしまいまして……」

「そうだったのですか……」

千鶴は頷いた。

千鶴の脳裏には、おつるが腹に子が出来たから堕ろしてくれと言って訪ねてきた時のことが思い出される。

「しかも腹には子がいるのだと……成島屋は大騒動になりました。堕ろすように迫っても、おつるは絶対嫌だと聞かない。それで私が中に入りまして、子は産ませるが、その子は成島屋で引き取る。そのかわり、この江戸から出て行くように約束させたんです。一生食べられるほどの大金を握らせて……」

「……」

「ところがまた江戸に舞い戻ってきました。それればかりか店のまわりをうろうろしはじめました。旦那さまもおちよの事を案じられて、それで、私がおつるに、あの約束はどうしたのだと、引導を授けに行ってきたのです」

千鶴は頷いた。

おつるの身勝手な性《さが》は千鶴にも分かっている。

成島屋の内儀が、他の女が産んだおちよに冷たくなるのは避けようもない話で、そんな事情のところに、おつるがおちよに近づけば、いっそうおちよの平穏を危うくするのだ。

名乗りを上げて自分が育てる覚悟があるのなら別だが、おつるにそんな気持ちがあるとは思えない。

おつるは、ただその時々の感情で思うがままにおちよに近づいてはいけないのだ。

千鶴はひとつ、気になっている事を聞いてみた。

「成島屋さんは、おつるさんの事を今も想っているのでしょうか」

「さあ、私には分かりかねます。ただ、おちよお嬢さんを引き取って娘として育てている、その事についてはおかみさんの理解がなければできないことです。だから旦那さまは、おかみさんに恩義を感じているのではないでしょうか。あの時、一番苦しんだのはおかみさんですから……」

千鶴は少しほっとして頷いた。

「おちよさんが生まれてのちに、跡取りの清吾《せいご》さんが生まれました。おかみさんの気持ちも、それで少しは救われたようでございます。とはいえ、おちよお嬢さんは大騒動を起こした女の娘ですからね。おかみさんはおかみさんで苦労をなさっているんです」

「ええ」

千鶴は相槌を打った。

「私はね、千鶴先生、おちよお嬢さんがどうすれば幸せに暮らせるのか、ずっと考えてまいりました。私にも責任のいったんがございますから……あの人を江戸に連れてきたのは私ですから……」

源兵衛の苦労が身に染みる言葉だった。

友次郎は家を出たものの、花井に行こうかどうしようかと迷っていた。

一昨日あれだけ千鶴と五郎政に迷惑を掛けた身だ。まだこの期《ご》に及んでおつるを追っかけるのは、自分を心配してくれている人たちへの裏切りのようにも思える。

どう考えても、おつると心を一瞬でも通わすなんてことは叶《かな》わぬ話だ。もうすっぱり諦めて仕事をしよう。そうは思うのだが——何、今日かぎりにすればいい——などと延々同じような繰り返しで、おつるの姿を追い求める日々なのだ。

——おっかさんが生きていたら、どういうだろうか……。

きっと「何、とち狂ってるんだよ、馬鹿！」と叱られるに決まっている。

だが、友次郎はおつるの手の感触を、忘れることが出来ないのだ。

誰になんと言われて笑われようと、おつるに嫌われようと、構わない。

――一度でいい。本当に一度でいいから、おつるをこの腕に抱いてみたい。おつるの体に触れてみたい。

友次郎の頭の中では、どんどん妄想が広がって行くのである。

たとえおつるに殺されようと構わねえ、一度だけでいいんだと思った瞬間、友次郎ははっとなって立ち止まった。

辺りは人気のない隅田川沿いの河岸の道、冷たい風が吹き抜ける。

――そうか、捨松もひょっとして、おつるにつきまとって、それで殺されたのかもしれねえ……。

ふと友次郎が思ったその時、

「友次郎さんだったな」

若い遊び人二人が近づいて来た。

一人はビードロのかんざしをした男で、もう一人は色の黒い眉の濃い男だ。

「お、お前たちは……」

友次郎は後退《あとずさ》る。二人の顔には覚えがあった。

「やっぱりお前、俺たちを知ってるんだな」

逃げようとした友次郎を、眉の濃い男が先回りして立ちふさがった。友次郎は前後を挟まれた格好だ。

「そういう事なら見逃すわけにはいかねえな」

今度はビードロのかんざしの男が言った。

二人は口辺に不敵な笑みを浮かべている。まるで追い詰めた兎をいたぶるのを楽しんでいるように、じりっじりっと前後から距離を縮めてくる。

「何、するんだよ。あ、あっしは何も知らねえよ」

友次郎は叫んだ。

「ふっふっ、その慌てぶりが証拠だな。生かしちゃおけねえ。死んでもらうぜ」

言うが早いか、眉の濃い男が友次郎に飛びついて友次郎の両腕を捕まえた。そして素早くその両腕を後ろに捩じると、顔を前に突き出す姿勢となった友次郎の頬に、ビードロのかんざし男が、力を込めて拳をふるった。

「ギャー!」

友次郎は悲鳴を上げた。

「ふっ」

ビードロのかんざし男は、まだまだ、というように、今度は友次郎の股間に蹴りを入れた。

「グウ……」

息も出来ない友次郎が身もだえすると、二人は声を上げて笑った。

助けを求めようにも人の影が見えない。

恐怖におののく友次郎を、眉の濃い男は、今度は友次郎の膝を地面に着けさせた。そしてその首に赤銅色《しやくどういろ》の腕を巻き付けた。

「死ね」

締め上げようとしたその時、眉の濃い男の目から火花が飛んだ。

額に何かが打ち付けられたのだ。転がって落ちた物は小石だった。

「何、しやがる！」

血の垂れて来る額を押さえた眉の濃い男は、疾走してくる武家を認めた。

求馬だった。

「お、お助け下さいませ！」

這いずる友次郎を求馬は背に回して立ち、驚愕している
ならず者の二人に言っ

た。

「お前たちは、この者を殺すつもりか」

「ふん、お侍には関係ねえや。その者をこちらに渡してくんな」

ビードロのかんざし男が言った。

「それは出来んな」

求馬が言ったその時、二人は匕首《あいくち》を抜いて飛びかかって来た。

「どいてろ！」

求馬は友次郎にそう言うと、飛びかかって来たビードロのかんざし男の匕首を払った。

続いて眉の濃い男の匕首を躱《かわ》し、躱しざまに男の手首を手刀で打った。

「うっ」

苦しげな声を上げて、眉の濃い男は手首を摑んだ。

その視線は、地面に落ちた匕首に走っている。

だが求馬が、その匕首を蹴り上げて握った。

同時に横手に回って求馬の隙を狙っているビードロのかんざし男をちらと睨んだ。

「！……」

ビードロのかんざし男がひるむ。

「失せろ！……それとも、その腕一本、斬り捨ててもよいのか……」

求馬は、二人の男に険しい視線を飛ばした。

「おい」

ビードロのかんざし男が、眉の濃い男に合図を送った。

「覚えてろ」

捨て台詞《ぜりふ》を残して、二人は町家の路地に消えて行った。

「ありがとうございやす。命拾いをいたしやした」

友次郎は手をついた。

十

半刻（一時間）後、求馬は友次郎を連れて千鶴の治療院にやって来た。

「千鶴どの、この男の顔を診てやってくれぬか」

「友次郎さんじゃありませんか」

千鶴は驚いて友次郎の顔を見た。友次郎の顔は異様に腫《は》れ上がっている。唇は切れて血がにじんでいるし、鼻血もおびただしい。目の周りは青黒く、瞳も充血しているようだった。

「なんだ、知っていたのか」

「ええ、困った人なんですよ、この人。一昨日も二日酔いでたいへんだったんですから。まさか今日も酔っ払って、なんてことではないでしょうね」

千鶴は友次郎を睨んだ。すると友次郎は、亀のように首をひっこめた。

「まったくね、この間はわざわざ先生が往診してあげたのに、また今度は怪我をしてやってくるなんて」

薬研《やげん》を使いながら、お道が皮肉った。

「実はな、ならず者に襲われていたのだ。そこに俺が行き合わせた、という訳だ」

求馬は、自身が見た光景を説明した。

「ビードロのかんざしをした男に襲われた？」

千鶴は聞き返して、これまでに知りえたその男の話を、掻い摘んで求馬にした。

求馬は黙って聞いている。

「鼻骨は、大丈夫だと思うけど……粘膜《ねんまく》は腫れあがっていますね。鼻で息をするのは数日無理ですね。塗り薬を上げますから、腫れがとれるまでは塗って下さい」

千鶴が友次郎の怪我を触診し、症状を呟くたびに、お道はそれをすばやく聞き取って薬の用意をしていくのだ。

「痛いよ、痛いよ、先生……」

友次郎は泣き言を繰り返す。

千鶴は、友次郎の膝を思い切りつねって、

「反省しなさい！……友次郎さん、あなたこれぐらいで済んでよかったけど、求馬さまが行き合わせなかったら、今頃お葬式をしているところですよ！」

「はい、すみません」

友次郎の目から、ぽろっと涙が零《こぼ》れ落ちる。

千鶴は、ひととおりの手当てを終えると、友次郎に言った。

「何故襲われたか、分かっているんじゃないんですか」

「……」

友次郎は俯いた。

「ビードロのかんざしをしている男は、以前半田屋さんが雇っていたならず者です。おつるさんと関係のある男です。友次郎さんを殺そうとした者は、誰なんでしょう……」

「……」

「おつるさんじゃないのですか」

友次郎は、びくっとした。

「何もかも話しなさい。でないと、今度こそ命をとられますよ」

千鶴にじっと視線をそそがれて、友次郎はようやく顔を上げた。

「お話ししやす……」

友次郎は観念した顔で言った。

「あっしは、捨松殺しの相談をしているのを、聞いてしまったんでございやす……」

千鶴は頷いた。何かあったに違いないと予測はしていた千鶴である。求馬と顔を見合わせると、友次郎の次の言葉を待った。

「あれは、捨松が殺される一日前のことでした……」

友次郎は、大家に嘘をついて金を借りた。どうしても花井に行って茶漬けを食べたかった。遠い場所から覗き見しているのは、かゆいところに手が届かないようなもどかしさがある。

千鶴や五郎政を案じさせてはいるが、なあに、それも今日かぎりだ、じっくりおつるの顔を拝めれば気持ちもおさまる。心に区切りもつけられる。

そんないつもの繰り言を胸に、花井の店に入ったのだ。

ところが、店には誰もいなかった。

――おかしいな……。

見渡していたところ、店の奥でひそひそとした声がする。

――もしや、男と……。

勝手知ったる家の中だ。友次郎は板場に入り、そこから奥の部屋に近づいたその時だった。

「半田屋の旦那には内緒だよ。これはあたしが頼むんだから」

険しいおつるの声がした。

何が起こっているのかと、友次郎は身を固くして、戸の手前に腰を落として耳を澄ませた。

すると、若い男の声がした。

「人ひとり殺すんだ。手当てを弾んでもらわなければ割があわねえ」

――人ひとり殺す……。友次郎は仰天した。体に震えがきて、釘づけになった。

その耳に聞こえてきたのは、小判数枚が畳の上に投げ出された音だった。

「これで足りないのなら、捨松からぶんどればいい」

おつるの声だった。するともう一人の男が言った。

「ふん、いったいどうやって、あんな山出しから金をとるんだ」

――あの二人だ……。

と友次郎は男二人の顔を頭に浮かべた。

二人は雑穀問屋半田屋が何度か使っていた遊び人だ。

「捨松は金を持ってるよ。二十五両」

またおつるが言った。すると男二人は、

「二十五両！」

声を揃えて大声を上げた。

「しっ、声が大きいよ。捨松はあたしに言ってきたんだ。何か金で困ったことがあったら言ってくれってね。熊の胆を売った金を持っているって」

「ひゃっほー！　殺されるとも知らねえで、おめでたい奴だ」

ビードロのかんざしの男が歓声を上げた。

——いけねえ、奴に報《しら》せてやらなければ……。

動転して立ち上がった友次郎は、足元で音を立ててしまった。

「誰でぃ！」

立ち上がる音を背後に聞きながら、友次郎は慌てて店を走り出た。そして両国稲荷の中に逃げ込むと、大きな桜の木の幹の後ろに隠れた。

男二人は追っかけて来て、両国の人ごみの中に目を凝らして探していたが、やがて諦めて引き上げて行った。

友次郎はしばらくそこで時を過ごした。足がすくんで動けなくなったのだ。

「捨松が殺されたのを知ったのは、翌日のことでした……」

友次郎は言い、ため息をついた。

「捨松さんに報せてやらなかったのですか」

「怖くて……見張られているようで……捨松に会ったのを見られたら、あっしがあの場所で盗み聞きしていたことがばれてしまう、そう思うと……」

「……」

千鶴は、黙って頷いた。

「退け退け、道を開けてくれ！」

猫八が集まった野次馬たちを大声で追っ払う。

すると店の中から、縄を掛けられたおつるが出て来た。

わっと野次馬の中から声が上がる。

「いい気味だ、罰《ばち》が当たったたんだ」

という者もあれば、

「あの若さでもったいねえ。何があったか知らねえが、あれだけの女だ、これから貢《みつ》ぐ男はいくらでもいるだろうに……」

「死罪だな、人を殺したんだ。大した女だぜ。くわばらくわばら」

などとひそひそと声を上げている。

千鶴と求馬も、野次馬の後ろから、おつるが役人に引かれていく姿を見詰めた。

千鶴が浦島に知らせたことで事は急展開、両国を根城にしていた遊び人の二人がまず捕まった。

そして大番屋で、二人はすべてを白状したのだった。

その報告は浦島と猫八から聞いたのだが、友次郎の告白の通り、捨松は殺されるとも知らずにあの遊び人二人から、

「おつるさんが待ってるぜ。金を持って出てきてほしいってな」

などと呼び出されて殺されたということだった。

半田屋はまさか自分の知らないところで、手下に使っていた二人がおつるとつるんでいたなどと夢にも思わなかったようで、おつるの怖さを初めて知ったと驚いていたらしい。

むろん、おつるを女房にと考えていた深川の油問屋の若旦那も、今や人殺しとなったおつるに会う気持ちは失せたようだ。

いやそればかりか、おつると情交を交わした男たち、贔屓《ひいき》にしていた旦那衆の姿も、野次馬の中のどこにも無かった。

おつるは表に押し出されると、ちらと野次馬を見渡して薄笑いを浮かべた。

そして今度は、振り返って店を見た。

店はおつるの目の前で、太い青竹が十字に打ち付けられていく。

無情なその音は、集まっている野次馬の口を塞いだ。

「歩け！」

小者が引くおつるに、猫八は厳しい声を掛ける。

野次馬を割って横山町に差し掛かった時、

「おつるさん……」

なんと一行の前に走り出て来た者がいる。

友次郎だった。

「ちっ」

猫八は、性懲《しょうこ》りもなくまたお前かと言わんばかりに舌打ちしたが、友次郎は
そんな事はおかまいなしに、引かれていくおつるの横に並んで歩きながら、

「体に気をつけなよ、おつるさん」

小さな声で言った。

だがおつるは、友次郎の顔もみないで、ふてくされた顔で引かれていく。

見ようによっては、その顔もまた凄絶で、女の一風変わった色気に見えなくもない。

友次郎はそれでもまだ話しかける。

「もしも何か入用なら、お役人を通じて言ってくれ。届けるからよ」

その言葉に、おつるが立ち止まった。そしてきらっと友次郎を見ると、

「馬鹿だね、あんた……こんな女に、そんな事言って……ふっ」

おつるは鼻で笑って歩き始める。

「いい加減にしろ」

猫八に叱られて、友次郎はそこに佇《たたず》んで一行を見送った。

「友次郎さん……」

千鶴と求馬が背後から近づくと、友次郎は振り返った。

友次郎は泣きそうな顔で苦笑してみせた。


数日後のことだった。

千鶴は小伝馬町の世話役同心有田万之助《ありたまんのすけ》から緊急の呼び出しを受け、牢屋敷に向かった。

「先生、すみません。腹が痛いといって泣き叫ぶものですから……」

出迎えた万之助は、申し訳なさそうな顔をした。

小伝馬町牢医師は本道が二人いて、毎日交代で詰めている。他にも外科の医者

が、これは隔日に牢屋を見廻っているのだが、女牢だけは千鶴に診て欲しいと依頼されて二年近くになる。

ただ、千鶴の場合は定期的に詰めたり見廻ったりするのではなく、呼び出された時のみ赴《おもむ》くことになっている。

とはいえ、近頃では桂治療院の患者も増えているから、牢に出向くのも、やりくりが大変だ。

「今日は蜂谷《はちや》さんはお出かけで……」

万之助は、手にある鍵を見せた。

牢部屋の鍵は、いつもは蜂谷吉之進《よしのしん》という鍵役の同心が持っている。いくつもの鍵を手に掛けて、じゃらじゃらいわせながら牢に案内してくれるのは蜂谷の役目だが、今日は万之助がその役を依頼されたということだった。

「では参りましょうか」

千鶴は、痛みどめの薬を手に、女牢がある西の牢に向かった。

すると万之助は、当番所から西の牢に足を向けた千鶴に告げた。

「腹を痛がっているのは遠島《えんとう》部屋の女です」

千鶴は踵《きびす》を返した。

小伝馬町の牢屋は、世話役の同心が詰める当番所が、東の牢と西の牢の真ん中にある。つまり当番所を挟んで東西に牢は分かれているのだ。

女牢があるのは西の牢で、当番所の近くから順番に、西口揚り屋《あがりや》、西奥揚り屋、西の大牢《たいろう》、西二間牢と続く。女牢になっているのは、西口揚り屋だった。

一方東牢も、当番所から同様の牢屋が続くが、東口揚り屋は遠島者の牢に使っていた。

ちなみに西奥揚り屋、東奥揚り屋には下級武士などを入れ、大牢は一般庶民、二間牢は無宿人と決まっている。

通常なら女の遠島者は、西口揚り屋の女牢に一般の囚人と一緒に入れておくのだが、つい数日前に女の詐欺団《さぎだん》が女牢に入って来て部屋がいっぱいになり、それで遠島部屋の東の牢の揚り屋にその女を移したというのだった。

「女牢は三十人も入れば窮屈《きゅうくつ》ですからね。お裁きを受けて順々に牢から女囚が出されれば部屋に余裕ができる。そうなれば、また西の牢に戻ってもらいます。まっ、しばらくは東の牢屋にということです」

万之助はそういうと、遠島部屋の前に立って、あの女です、と中で腹を押さえて蹲《うずくま》っている女を顎で指した。

「おつるさん……」

千鶴は口走った。

「ご存じでしたか」

万之助は、驚いていた。

「ええ、一度うちの治療院を訪ねてきたことがあるのです」

「さようでしたか、牢に送られてきてまだ日も浅いのに、医者を呼んでくれ、それも千鶴先生とやらを頼む、などと手間をかけてくれまして……」

万之助は苦笑した。

千鶴も苦笑してから言った。

「開けて下さい」

「はいはい」

万之助は小さくため息をつくと鍵を開けた。

医者が牢の中に入ることは本来許されてはいない。囚人からどんな危害を加えられるか分からないからだ。

だが千鶴は、ここの牢医者になった時から、重病人の場合は自分の方から中に入る。

万之助は、千鶴を中に入れると、すぐにまた鍵を掛けた。

「おつるさん……」

千鶴は、おつるに近づくと、側に腰を下ろして声を掛けた。

「先生、痛いよう、助けて……」

おつるは、鞘《さや》の外の万之助にちらと視線を走らせると、大げさに痛がった。

万之助は、おつるの視線を受けると、牢内に背を向けた。

女の診察をする時には、同心たちは牢内に背を向ける。囚人とはいえ、肌をむき出し、あられもない姿になる女たちを気遣っているのだ。

実際身をよじって腹を痛がるおつるの裾ははだけて、白い太ももが見えていた。

だがもうこの時、千鶴はおつるが、腹痛で呼んだのではないと察知していた。

「おつるさん、あなたという人は……」

千鶴は、小さいが険しい声で言い、立ち上がろうと膝を起こした。

おつるの心根の悪さには、正直千鶴も辟易《へきえき》していた。こんな女がこの世にいるのかと思ったほどだ。

「待って、先生……」

おつるは、千鶴の手首を強く摑んだ。その目は何かを乞う目だった。

「お願い、先生、一生のお願いだ、話があるんだよ」

切羽詰まった声で、おつるは千鶴を見詰めた。

「何ですか、言ってみなさい」

千鶴は膝を立てたままおつるの顔を見下ろした。

「あたしは牢に入れられるや遠島ってことになりました。どこに流されるか分かりませんが、どこに流されても、二度と生きて江戸の土を踏むことはないと思います」

「……」

「とうとうここまできたのか……こんな日がいつかくるかもしれないって、どこかで思っておりましたが、実際そうなってみると、あたしはこんな終わり方をするために生まれて来たのかと今さらながら哀しくなってしまいました……いっそ舌を嚙み切って死んだ方がましだ、そんな事を考えていた時です……ここに来て最初に入った揚り屋で、皆が先生の噂をしておりました。千鶴先生という人は、牢の者にも町の者と隔《へだ》てなく治療をしてくれる。時には苦しい気持ちも聞いてくれる、先生に話したら気持ちが軽くなったって……」

「……」

「それであたしも、島に流される前に、先生に私のこと、聞いてもらいたいって思ったんですよ……つまらない女の、馬鹿な話ですけど……」

おつるの声は、だんだんと人間らしい、悔いも情もある音《ね》を帯びていった。

千鶴は立てていた膝を落とした。

おつるは、ぐっと千鶴の手を握った。

「あたしはね、先生、秋葉山に行く途中の山の中で生まれたんです。何にもないところでした。どっちを向いても林ばかり、聞こえて来るのは谷川の水と鳥の声と……でもあたしは、おっとうと、おっかあといれば、それで幸せだった。幼い頃に、これは先生は見たこともないだろうけど、あたしが住んでた家の辺りでは、冬が来て、雪が近くなる頃の夕刻に、雪婆が飛ぶんです……夕ぐれ間近の家のまわりに、そう……天の川が泳ぐように、きらきらと光を放って、帯になって飛ぶんです」

千鶴は頷いた。

「そんなときにはおっかあが、家の前の切株に座って、その膝にあたしを乗せてくれてね、そしてこう言ったんです。おつる、見てごらん、きれいだね、もうすぐ寒くなるんだねって、雪婆を見て冬の近くなったことを教えてくれたんです。おっかあは忙しくてなかなか抱っこなんてしてくれなかった。でも雪婆が飛ぶ時には、決まってあたしを外に連れ出して、あたしを膝にのせて雪婆を見せてくれたんです。青白い光が、飛んで飛んで……心がしめつけられるような美しさで……あの時のことは今も忘れたことがありません」

素直な、夢見る、少女のような目で、おつるは昔を振り返った。

「そんな時ね、先生、おっかあはあたしにこう言ったんです。お前の名前は、おつるだが、鶴のつるではねえよって……」

千鶴は、じっとおつるの顔を見た。

「お前の名のつるというのは、この深い山の木々に伝って生きる蔓《つる》のことだって……元気で、強くて、どんな所でもしっかりとりついて生きる女になってほしいってつけたんだって……女も強く生きなきゃいけないって……」

「……」

「おっかあはその数年後に、あたしとおっとうを捨てて山を下りたんだけど、あたしはその時思い出していたんだ、おっかあが言っていた言葉をね……」

おつると父親は、それから何か間が抜けたような暮らしを送ることになったのだった。

「おめえのおっかあは、ここの暮らしが嫌になったんだ。美味《うま》い物を喰って、きれいな着物を着たくなったんだべ」

父親の権兵衛は、そんな繰り言を言った。

家には金が無い。どうあがいても逃げた女房を追うことも叶わない。父親は繰り言をいうしか仕方がなかったのだ。

そんなある日のことだった。

野分の中を、見知らぬ僧が一夜の宿を乞うて来た。名は俊英《しゅんえい》とかいう坊さんで、全国を行脚《あんぎゃ》しているというのであった。

滅多に他所の人の顔も見ることのない暮らしだ。

父親の権兵衛は喜んで招き入れ、干し鮎《あゆ》や雑穀と野草の粥を馳走した。

僧は喜んで食べた。そして疲れていたのかすぐに土間に積んであった藁《わら》の中で眠ったのだが、その少し前に、背中に背負ってきた濡れた荷物を乾かすために、僧は藁の上に荷物を広げた。

広げた中には鼠色の布に包んだものがあった。俊英はその包を特に気にしているように確かめた。

なんと包の中には、金色に輝く小判が何枚も入っていた。

小判がどういうものであるか、それは熊の胆を町に売りに行くこともあり、山の民でも知っている。

その金で古着を買い、塩を買い、豆や食料品を買い、暮らしてきている。小判の値打ちを知らぬ者はいない。

父親の権兵衛は、強風で音を出す外の戸を見廻りに出ていて見ていなかったが、家の中にいたおつるは、驚いて見ていたのだ。

俊英は、おつるの視線に気づいたのか、慌ててその包だけ懐に仕舞って寝た。

翌日、雨風が遠のくと、俊英は暇乞《いとまご》いをして、家を出て行った。

「あの林を下れば、秋葉山に行く山道に出る」

権兵衛は教えてやって見送った。

「おっとう、あのお坊さんは、小判をたくさん持ってただよ」

おつるは、俊英を見送ってから父親に告げた。

「何……」

父親は驚いた様子だったが、それ以上何も聞かなかった。

ところがその一刻後、いつの間に出掛けていたのか、権兵衛は外から帰ってきて、おつるにこう言った。

「おつる、明日はここを出る。山を下りるぞ。浜松に出て、おっかあを探そう」

父親の手には、あの僧が持っていた鼠色の包が握られていた。

――おっとうは、あの僧から奪ったんだ……。

おつるはそう思ったが、口には出さなかった。

「でもね、先生。罰《ばち》が当たったんだね……」

そこまで話すと、おつるは自嘲するように言った。

「おっかあは見つからないし、おっとうもすぐに死んだんですよ。それで、あたしは水茶屋に働きに行ったんです……」

その後の経緯については、成島屋の番頭源兵衛の話の通りで、おつるに言わせれば、なんとか人並みの暮らしをしたい、それが幾多の騒動になってしまったんだというのであった。

「捨松さんを殺したのは、ただ単に、昔を知っている煩《わずら》わしい人だという理由ではなく、捨松さんが、お坊さんの死体が出て来た話をした、その事が原因なんですね」

千鶴は念を押した。

おつるは、こっくりと頷いた。そして、震える声で言った。

「捨松さん、ごめんなさい」

「……」

「先生、あたし、ずっとおっかあを憎んできたんです。おっかあを憎むことで、生きる力を得ていたような気がします。男を手玉にとり、子を捨て、子を堕ろし、古井戸の水を霊水だと言って売り……でも、こうして捕まって、自分の命運がつきて初めて、こう思いました。あたしは、おっかさんが好きだったんだって……」

おつるは、ぽろぽろ泣き出した。

「おつるさん……」

千鶴は、おつるの手を、強く握った。

「先生……馬鹿だね、あたし……」

おつるは、泣き崩れた。

十一

「すみません。すぐに出てきますから」

千鶴は、浦島に告げ、青竹を十字に打ち付けた花井の木戸から、店の中に入った。

遠島部屋で千鶴はおつるから、頼まれごとをして帰って来た。

そこで浦島に事情を話し、浦島の一存で、こっそり花井の店に入れて貰ったのだ。

中は薄暗かった。

店の土間から調理場に、そして茶の間に入った。

おつるが捕まってまだ二十日《はつか》と経ってはいないのに、主を失った家の中は、妙に静まり返って、ついこの間までここで繰り返されていた狂騒は今はうかがい知れない。

「先生、古い紙の箱に、おっかあの形見があるんですよ。おっかあを憎んでいたあたしが持ち歩いていたんです。それを、持ってきていただけませんでしょうか。なんにもいらない、それだけは持って行きたいんです」

千鶴に縋って懇願したおつるの願いをかなえてやるために、千鶴は店の中に入ったのだった。

紙の箱は、おつるが着物を入れていた行李《こうり》の中にあった。

古い箱で手垢《てあか》がついていたが、これまで大切にしまってきたのは一目で分かった。

そっと蓋を開けた。

「櫛《くし》……」

千鶴は思わず呟いた。

飴色の、しかも歯の欠けた、柘植《つげ》の櫛だった。

「……」

手に取りあげた時、突然こみ上げてくる熱いものが、千鶴の胸にあふれだした。

「先生。雪が降ってきやした……」

外から猫八が声を掛けて来た。

「雪が……」

千鶴は、柘植の櫛を持ったまま、裏の戸を開けた。

ちらほらと、雪が舞い降りている。

――雪婆……。

千鶴は心の中で呟いていた。

おつるはおちよについていては、こう言った。

「何も知らない方がいい。今のおっかさんが本当のおっかさんと思った方がしあわせなんだ。でないと、あたしのようになっちまう……浮浪の末の島流しは、あたしだけでいい……」

おつるは、ずっと母親を追い求めていたんだと、千鶴は舞い落ちる雪を眺めた。

千鶴の脳裏には、おつるが母親の膝の上で夢見るように小さな手を伸ばし、雪婆を眺めているようすが浮かんでいた。

この作品は双葉文庫のために書き下ろされました。

双葉文庫

ふ-14-10

藍染袴《あいぞめばかま》お匙帖《さじちょう》

雪婆《ゆきばんば》

2014年11月16日　第1刷発行
2023年 9月 1日　第4刷発行

【著者】
藤原緋沙子《ふじわらひさこ》

【発行者】
箕浦克史
【発行所】
株式会社双葉社
〒162-8540 東京都新宿区東五軒町3番28号
［電話］03-5261-4818(営業部)　03-5261-4833(編集部)
www.futabasha.co.jp(双葉社の書籍・コミックが買えます)
【印刷所】
株式会社亨有堂印刷所
【製本所】
株式会社若林製本工場
【カバー印刷】
株式会社久栄社

【フォーマット・デザイン】
日下潤一

ISBN978-4-575-66694-6 C0193
Printed in Japan

藤原緋沙子　著作リスト

	作品名	シリーズ名	発行年月	出版社	備考
1	雁の宿	隅田川御用帳	平成十四年十一月	廣済堂出版	
2	花の闇	隅田川御用帳	平成十五年　二月	廣済堂出版	
3	螢籠	隅田川御用帳	平成十五年　四月	廣済堂出版	
4	宵しぐれ	隅田川御用帳	平成十五年　六月	廣済堂出版	
5	おぼろ舟	隅田川御用帳	平成十五年　八月	廣済堂出版	
6	冬桜	隅田川御用帳	平成十五年十一月	廣済堂出版	

7	春雷	隅田川御用帳	平成十六年一月	廣済堂出版	
8	花鳥		平成十六年四月	廣済堂出版	四六判上製
9	恋椿	橋廻り同心・平七郎控	平成十六年六月	祥伝社	
10	夏の霧	隅田川御用帳	平成十六年七月	廣済堂出版	
11	火の華	橋廻り同心・平七郎控	平成十六年十月	祥伝社	
12	紅椿	隅田川御用帳	平成十六年十二月	廣済堂出版	
13	雪舞い	橋廻り同心・平七郎控	平成十六年十二月	祥伝社	
14	風光る	藍染袴お匙帖	平成十七年二月	双葉社	

15	夕《ゆ》立《だ》ち	橋廻り同心・平七郎控	平成十七年 四月	祥伝社	
16	風蘭	隅田川御用帳	平成十七年 六月	廣済堂出版	
17	遠花火	見届け人秋月伊織事件帖	平成十七年 七月	講談社	
18	雁渡し	藍染袴お匙帖	平成十七年 八月	双葉社	
19	花鳥		平成十七年 九月	学研	文庫化
20	照り柿	浄瑠璃長屋春秋記	平成十七年 十月	徳間書店	
21	冬萌え	橋廻り同心・平七郎控	平成十七年 十月	祥伝社	
22	雪見船	隅田川御用帳	平成十七年十二月	廣済堂出版	

23	春《はる》疾風《はやて》	見届け人秋月伊織事件帖	平成十八年　三月	講談社
24	父子雲	藍染袴お匙帖	平成十八年　四月	双葉社
25	夢の浮き橋	橋廻り同心・平七郎控	平成十八年　四月	祥伝社
26	潮騒	浄瑠璃長屋春秋記	平成十八年　七月	徳間書店
27	白い霧	渡り用人片桐弦一郎控	平成十八年　八月	光文社
28	鹿《は》鳴《ぎ》の声	隅田川御用帳	平成十八年　九月	廣済堂出版
29	紅い雪	藍染袴お匙帖	平成十八年十一月	双葉社
30	暖《ぬくめ》鳥《どり》	見届け人秋月伊織事件帖	平成十八年十二月	講談社

31	桜雨	渡り用人片桐弦一郎控	平成十九年　二月	光文社
32	蚊遣り火	橋廻り同心・平七郎控	平成十九年　九月	祥伝社
33	さくら道	隅田川御用帳	平成二十年　三月	廣済堂出版
34	紅梅	浄瑠璃長屋春秋記	平成二十年　四月	徳間書店
35	漁り火	藍染袴お匙帖	平成二十年　七月	双葉社
36	霧の路《みち》	見届け人秋月伊織事件帖	平成二十一年二月	講談社
37	梅灯り	橋廻り同心・平七郎控	平成二十一年四月	祥伝社
38	麦湯の女	橋廻り同心・平七郎控	平成二十一年七月	祥伝社

藤原緋沙子　著作リスト

39	密命	渡り用人片桐弦一郎控	平成二十二年一月	光文社	
40	日の名残り	隅田川御用帳	平成二十二年二月	廣済堂出版	
41	恋指南	藍染袴お匙帖	平成二十二年六月	双葉社	
42	桜紅葉	藍染袴お匙帖	平成二十二年八月	双葉社	
43	雪燈	浄瑠璃長屋春秋記	平成二十二年十一月	徳間書店	
44	坂ものがたり		平成二十二年十一月	新潮社	四六判上製
45	月の雫	藍染袴お匙帖	平成二十二年十二月	双葉社	
46	ふたり静	切り絵図屋清七	平成二十三年六月	文藝春秋	

47	鳴《なる》子《こ》守《もり》	見届け人秋月伊織事件帖	平成二十三年九月	講談社	
48	紅染の雨	切り絵図屋清七	平成二十三年十月	文藝春秋	
49	残り鷺《さぎ》	橋廻り同心・平七郎控	平成二十四年二月	祥伝社	
50	鳴き砂	隅田川御用帳	平成二十四年四月	廣済堂出版	
51	すみだ川	渡り用人片桐弦一郎控	平成二十四年六月	光文社	
52	貝紅	藍染袴お匙帖	平成二十四年九月	双葉社	
53	月凍てる	人情江戸彩時記	平成二十四年十月	新潮社	
54	飛び梅	切り絵図屋清七	平成二十五年二月	文藝春秋	

55	百年桜		平成二十五年三月	新潮社	四六判上製
56	夏ほたる	見届け人秋月伊織事件帖	平成二十五年七月	講談社	
57	夏しぐれ		平成二十五年七月	角川書店	時代小説アンソロジー
58	風草の道	橋廻り同心・平七郎控	平成二十五年九月	祥伝社	
59	花野	隅田川御用帳	平成二十五年十二月	廣済堂出版	
60	つばめ飛ぶ	渡り用人片桐弦一郎控	平成二十六年七月	光文社	
61	照り柿	浄瑠璃長屋春秋記	平成二十六年九月	徳間書店	新装版
62	潮騒	浄瑠璃長屋春秋記	平成二十六年十月	徳間書店	新装版

63	紅梅	浄瑠璃長屋春秋記	平成二十六年十一月	徳間書店	新装版
64	雪《ゆき》婆《ばんば》	藍染袴お匙帖	平成二十六年十一月	双葉社	

稲葉稔
百万両の伊達男 長編時代小説
廓《くるわ》の罠 〈書き下ろし〉
その男、笑顔百万両! 旗本育ちの快浪人・桜井慎之介が孤児の養護所を作るべく資金稼ぎに危ない橋を渡りまくる。待望の新シリーズ。

風野真知雄
新・若さま同心 徳川竜之助 長編時代小説
乳児の星 〈書き下ろし〉
日本橋界隈で赤ん坊のかどわかしが相次いだ。事件の裏にある企みに気づいた竜之助は……。大好評「新・若さま同心」シリーズ第六弾。

風野真知雄
新・若さま同心 徳川竜之助 長編時代小説
大鯨の怪 〈書き下ろし〉
漁師たちが仕留めたクジラが、一晩で魚河岸から消えた。あんな大きなものを、誰がどうやって盗んだのか? 大人気シリーズ第七弾!

風野真知雄
新・若さま同心 徳川竜之助 長編時代小説
幽霊の春 〈書き下ろし〉
町内のあちこちで季節外れの幽霊が出た。さらに、奇妙な殺しまで起きて……。大好評「新・若さま同心」シリーズ、堂々の最終巻!

佐伯泰英
居眠り磐音《いわね》 江戸双紙 36 長編時代小説
紀伊ノ変 〈書き下ろし〉
姥捨の郷で安息な日々を送っていた坂崎磐音。だが、幕府財政立直しを図る田沼意次の方針が打ち出され、政のかけひきに巻き込まれていく。

佐伯泰英
居眠り磐音《いわね》 江戸双紙 37 長編時代小説
一矢《いっし》ノ秋《とき》 〈書き下ろし〉
坂崎磐音一行は、嫡男空也を囲み姥捨の郷で和やかな日々を送っていた。一方江戸では、品川柳次郎が尚武館道場の解体現場に遭遇する。

佐伯泰英
居眠り磐音《いわね》 江戸双紙 38 長編時代小説
東雲《しののめ》ノ空 〈書き下ろし〉
天明二年秋、坂崎磐音の江戸帰着を阻止せんと田沼意次一派が警戒を強めるなか、六郷の渡しに子供を連れた旅の一行が差し掛かり……。

佐伯泰英
居眠り磐音《いわね》　江戸双紙39　長編時代小説〈書き下ろし〉
秋思《しゅうし》ノ人
甲府勤番支配の職を解かれた速水左近は、田沼一派が監視をする中、江戸へと出立した。道中を案じた坂崎磐音は夜明けの甲州路を急ぐ。

佐伯泰英
居眠り磐音《いわね》　江戸双紙40　長編時代小説〈書き下ろし〉
春霞《はるがすみ》ノ乱
中居半蔵に呼び出され佃島に向かった坂崎磐音は、藩物産事業に絡む疑念を打ち明けられる。折りしも佃島沖に関前藩新造船が到着し……。

佐伯泰英
居眠り磐音《いわね》　江戸双紙41　長編時代小説〈書き下ろし〉
散華《さんげ》ノ刻《とき》
関前藩の内紛で窮地に落ちた父正睦を救った坂崎磐音。江戸藩邸で藩主の正室お代の方の変わり果てた姿を目の当たりにした磐音は……。

佐伯泰英
居眠り磐音《いわね》　江戸双紙42　長編時代小説〈書き下ろし〉
木槿《むくげ》ノ賦《ふ》
関前藩主福坂実高一行を、父正睦とともに六郷土手で迎えた坂崎磐音は、参勤上番に従う一人の若武者と対面し、思わぬ申し出を受ける。

佐伯泰英
居眠り磐音《いわね》　江戸双紙43　長編時代小説〈書き下ろし〉
徒然《つれづれ》ノ冬
坂崎磐音はおこんらとともに、田沼一派の襲撃で矢傷を負った霧子を小梅村に移送するため、療養先の若狭小浜藩邸に向かっていたが……。

佐伯泰英
居眠り磐音《いわね》　江戸双紙44　長編時代小説〈書き下ろし〉
湯島ノ罠
陸奥白河藩主、松平定信の予期せぬ訪問を受けた坂崎磐音。同じ頃、弥助と霧子の二人が小梅村から姿を消し……。シリーズ第四十四弾。

佐伯泰英
居眠り磐音《いわね》　江戸双紙45　長編時代小説〈書き下ろし〉
空蝉《うつせみ》ノ念《ねん》
尚武館に老武芸者が現れ、坂崎磐音との真剣勝負を願い出た。その人物は直心影流の同門にして“肱砕き新三”の異名を持つ古強者だった。

佐伯泰英

居眠り磐音《いわね》　江戸双紙46
弓張《ゆみはり》ノ月

長編時代小説〈書き下ろし〉

天明四年弥生二十四日早朝、霧子から佐野善左衛門邸の異変を知らされた坂崎磐音は、奏者番速水左近の屋敷に急遽使いをたてるが……。

坂岡真

帳尻屋始末
抜かずの又四郎

長編時代小説〈書き下ろし〉

訳あって脱藩し、江戸に出てきた琴引又四郎は闇に巣くう悪に引導を渡す、帳尻屋と呼ばれる人間たちと関わることになる。期待の第一弾。

坂岡真

帳尻屋始末
つぐみの佐平次

長編時代小説〈書き下ろし〉

「帳尻屋」の一味である口入屋の蛙屋忠兵衛と懇意になった琴引又四郎は、越後から女房を捜しにやってきた百姓吾助と出会う。好評第二弾。

坂岡真

帳尻屋始末
相抜《あいぬ》け左近

長編時代小説〈書き下ろし〉

善悪の帳尻を合わせる「帳尻屋」には奉行所が絡んでいる!?　蛙屋忠兵衛を手伝ううち、又四郎は〈殺生石〉こと柳左近の過去を知ることに。

芝村凉也

返り忠兵衛　江戸見聞
片蔭焦《かたかげこが》す

長編時代小説〈書き下ろし〉

廻国修行を終えた浅井蔵人の剣技に、忠兵衛は完敗する。失意の忠兵衛を案じるおみちの心も、縁談で乱れて……。シリーズ第十弾。

芝村凉也

返り忠兵衛　江戸見聞
野分荒《のわきすさ》ぶ

長編時代小説〈書き下ろし〉

魚河岸を通さず江戸で活鯛を売買する違法な〈脇揚げ〉に定海藩が関わっているらしいと聞かされた忠兵衛。天明の鬼六がついに動き出す。

芝村凉也

返り忠兵衛　江戸見聞
風巻凍《しまきこご》ゆ

長編時代小説〈書き下ろし〉

佃島で一夜を明かした筧忠兵衛を狙う、新たな刺客。生け簀船を破壊され、江戸への足がかりを失った天名の鬼六の魔手が定海に迫る。

芝村凉也
返り忠兵衛 江戸見聞
風炎咽ぶ《ふうえんむせ》
長編時代小説
〈書き下ろし〉
御前を失った定海藩が、再び揺れ始める。失意の紗智を慰めることもできない忠兵衛を、また定海藩の刺客が襲う！ シリーズ第十三弾。

芝村凉也
返り忠兵衛 江戸見聞
刃風閃く《じんぷう》
長編時代小説
〈書き下ろし〉
いよいよ天名の鬼六が江戸へ！ 同心・岸井の探索は？ 忠兵衛が、浅井蔵人が、神原采女正がそれぞれに動きだす。シリーズ第十四弾。

芝村凉也
返り忠兵衛 江戸見聞
天風遙に《てんぷうはるか》
長編時代小説
〈書き下ろし〉
忠兵衛と神原采女正、浅井蔵人との運命の闘いの幕が遂に切って落とされる！ 人気シリーズ第十五弾、威風堂々、ここに完結！

鈴木英治
口入屋用心棒
緋木瓜の仇《ひぼけ》《あだ》24
長編時代小説
〈書き下ろし〉
徐々に体力が回復し、時々出歩くようになった米田屋光右衛門。そんな折り、直之進のもとに光右衛門が根岸の道場で倒れたとの知らせが！

鈴木英治
口入屋用心棒
守り刀の声 25
長編時代小説
〈書き下ろし〉
老中首座にして腐米騒動の首謀者であった堀田正朝。取り潰しとなった堀田家の残党に盟友和四郎を殺された湯瀬直之進は復讐を誓う。

鈴木英治
口入屋用心棒
兜割りの影《かぶとわ》26
長編時代小説
〈書き下ろし〉
江戸市中で幕府勘定方役人が殺された。その惨殺死体を目の当たりにし、相当な手練による犯行と踏んだ湯瀬直之進は探索を開始する。

鈴木英治
口入屋用心棒
判じ物の主《はん》《もの》《ぬし》27
長編時代小説
〈書き下ろし〉
呉服商の船越屋岐助から日本橋の料亭に呼び出された湯瀬直之進は、料亭のそばで事切れていた岐助を発見する。シリーズ第二十七弾。

藤井邦夫
日溜り勘兵衛　極意帖
賞金首
長編時代小説〈書き下ろし〉

米の値上げ騒ぎで大儲けした米問屋の金蔵に目をつけ様子を窺っていた勘兵衛は、一人の荷揚げ人足の不審な行動に気付き尾行を開始する。

藤井邦夫
日溜り勘兵衛　極意帖
偽者始末
長編時代小説〈書き下ろし〉

盗賊〝眠り猫〟の名を騙り押し込みを働く盗賊が現れた。偽盗賊の狙いは何なのか!?　正体を追う勘兵衛らが繰り広げる息詰まる攻防戦!

藤原緋沙子
藍染袴《あいぞめばかま》お匙帖
風光る
時代小説〈書き下ろし〉

医学館の教授方であった父の遺志を継いで治療院を開いた千鶴が、旗本の菊池求馬とともに難事件を解決する。好評シリーズ第一弾。

藤原緋沙子
藍染袴《あいぞめばかま》お匙帖
雁渡《かりわた》し
時代小説〈書き下ろし〉

押し込み強盗を働いた男が牢内で死んだ。牢医師も務める町医者千鶴の見立ては、鳥頭による毒殺だったが……。好評シリーズ第二弾。

藤原緋沙子
藍染袴《あいぞめばかま》お匙帖
父子雲《ちちこぐも》
時代小説〈書き下ろし〉

シーボルトの護衛役が自害した。長崎で医術を学んでいたころ世話になった千鶴は、シーボルトが上京すると知って……。シリーズ第三弾。

藤原緋沙子
藍染袴《あいぞめばかま》お匙帖
紅《あか》い雪
時代小説〈書き下ろし〉

千鶴の助手を務めるお道の幼馴染み、おふみが許嫁の松吉にわけも告げず、吉原に身を売った。千鶴は両親のもとに出向く。シリーズ第四弾。

藤原緋沙子
藍染袴《あいぞめばかま》お匙帖
漁《いさ》り火《び》
時代小説〈書き下ろし〉

岡っ引の彌次郎の刺殺体が神田川沿いで引き上げられた。半年前から前科者の女衒を追っていたというのだが……。シリーズ第五弾。